Sラン
冒険者である
2
俺の娘たちは
重度のファザコンでした

「せっかくの家族団らんだし、
パパの背中でも
流してあげようかなって」
次女・アンナ

レジーナ
「レジーナ。しくじるなよ」
カイゼル

誰に向かって言っている？
私たちにとっては
長女・エルザ
「たまには私たちにも
親孝行をさせてください」
三女・メリル
「パパもボクたちに
甘えてくれて
いいんだよー」

Sランク冒険者である俺の娘たちは重度のファザコンでした 2

友橋かめつ

OVERLAP

CONTENTS

Illustration 希望つばめ

第一話

今でも時々、あの時の光景を夢に見る時がある。

剣を使えば剣聖と、魔法を使えば賢者と称されていた十七歳の頃の俺。

史上最年少のSランク冒険者になるのは間違いないと目されていた。

その驕《おご》りが仇《あだ》となった。

冒険者としてパーティを組んでいたにも拘《かか》わらず、仲間たちが出られないからと、俺は一人でワイバーンの討伐任務に赴いた。

俺だけでも充分だと思っていた。

結果的にワイバーンを討つことはできたが、戦いが長引いたことによって火山の奥底に眠るエンシェントドラゴンを目覚めさせてしまった。

そして丸一日にわたる死闘の果てに打ち漏らしたエンシェントドラゴンは、ふもとにある村を業火によって焼き尽くしてしまった。

緑豊かだった村は、ただの黒い塊と化した。

家の残骸や人の亡骸《なきがら》を贄《にえ》に燃え盛る火炎。鼻が曲がりそうになる死者の臭い。何もかもが蹂躙《じゅうりん》された光景はさながら地獄のよう。

己の無力感に打ちひしがれ、その場にへたり込む。絶望に呑《の》まれそうになった俺の耳に届いてきたのは、爆《は》ぜる炎の中に混じったか細い泣き声。

その声を頼りに重なり合った瓦礫《がれき》を払いのけると、隙間になった部分に三人の赤ん坊が身を寄せるように縮こまって泣きじゃくっていた。

ああ、良かった。彼女たちは生きていてくれたのか。

地獄に垂らされた希望の糸を摑《つか》むように彼女たちを胸元に抱え込む。

この子たちだけは絶対に守り抜こうと心に決める。

その時だった。俺に覆い被《かぶ》さるように大きな影が落ちた。振り返ると、そこには去ったはずのエンシェントドラゴンが鎮座していた。

『彼女たちは本来――生まれてきてはいけない者たちだった』

聞く者の不快感を引きずり出す、しゃがれた声色。

『いずれ、嫌でも知ることになるだろう。この世界に生き続ける限り。彼女たちに安寧が訪れることはないとな』

奴《やつ》がそう言い終わった時だった。俺は異変に気づいた。

胸元に抱きかかえた三人の赤ん坊たち。さっきまで必死に泣きじゃくっていたのが、今は水を打ったかのように静かになっている。

不安に駆られて恐る恐る胸元を見下ろすと、血色の良い薄桃色の肌は炭化し、三人全員が物言わぬ骸《むくろ》へと変わり果ててしまっていた。

虚《うつ》ろになった三人の眼窩《がんか》が、一斉に俺を見つめてくる。闇が濃縮された目は、まるで俺の無力さを責めるかのようだ。

彼女たちは怨念の籠もった口調で言った。

『『『パパがいなければ、こんなふうにならなくて済んだのに。本当のパパやママと幸せに暮らすことができていたのに……』』』

「うわあああああああああ!?」

☆

絶叫しながら飛び起きると、そこは炭化した村ではなかった。

窓から差し込む朝の光が敷布団の上に降り注いでいる。死臭とは似ても似つかない、香ばしい匂いが鼻腔《びこう》を満たす。

見ると、台所に栗色《くりいろ》のおさげを肩口から垂らした次女のアンナが立っていた。手にしたお玉で鍋の中身をぐるぐるとかき混ぜている。

「あら。パパ、起きたのね」

エプロン姿のアンナは振り返ると、俺の方を見て言った。

「アンナ……」

「珍しいわね。パパが寝坊するなんて」

壁に掛かった時計を見ると、すでに朝の七時を回っていた。

普段であれば、たとえ休日であっても目が覚めている時間帯。平日ならなおさらだ。俺は随分と寝過ごしてしまったらしい。

「すまないな。朝ご飯を作らせてしまって」

「いつもパパに作って貰《もら》ってるんだもの。たまにはいいわよ」

アンナはそう言うと、お玉にすくったスープを口にする。ん、おいしい、と満足そうな表情を浮かべながら頷《うなず》いた。

「ふふ。自信作だから。楽しみにしておいて」

「父上。大丈夫ですか？　随分とうなされていたようですが」

枕元には長女のエルザがいて、心配そうな面持ちで俺のことを見つめていた。この王都の騎士団長である彼女は、白銀の鎧《よろい》に身を包んでいる。

朝の鍛錬を終えてシャワーを浴びた後なのだろう。髪からシャンプーの香りがする。俺の沈んでいた気分は少し軽くなった。

「悪い夢を見ていたんだ」

「悪い夢ですか？」

「昔の記憶だよ」

「きっと、疲れていたんですよ。父上は最近、働きづめでしたから」

「騎士団の教官に冒険者としての活動、魔法学園の非常勤講師に姫様の家庭教師。いくらパパでも四つも仕事を掛け持ちしたら、参っちゃうのも無理ないわ」

とアンナが苦笑を浮かべる。

「たまには休みを取ってゆっくりしないとダメよ？」

「まだまだ若いと思っていたが、俺も年を取ったってことか」と呟《つぶや》いた。そう口にすると一気に年月の重みが身体《からだ》にのしかかる気がする。

「そういえば、メリルは？　姿が見えないようだが。先に学園に行ったのか？」

「だといいんだけどね」とアンナは呆《あき》れたように肩を竦《すく》めた。「パパが寝坊しても、あの子は更にその上を行くのよねえ」

「父上。メリルは父上の寝床に潜り込んでいますよ」

エルザの指さす先――俺が寝ていた布団を捲《めく》り上げてみると、そこには一糸まとわぬ姿のメリルが身を丸めながらすやすやと寝息を立てていた。

シミ一つないすべすべの身体。

その傍《そば》には脱ぎ捨てられたパジャマがあった。

「……メリル。何で裸なんだ？」

「寝る時はこの方が落ち着くから～。それに熱いし」

「……あのなあ。年ごろの娘なんだし。もっと慎みを持った方がいいんじゃないか？　俺はメリルの将来が心配になる」

「だいじょーぶ。ボクちゃんは将来も、パパといっしょにいるから」

「それが心配だって言ってるんだが。いつまでも親離れできないのはマズいだろ。いつか

は自立しないといけないんだぞ？」

「なら、ボクとパパが結婚すればいいじゃん。そうすれば親と子じゃなくて、旦那さんとお嫁さんになるからセーフ！」

「いや、親子で結婚することの方がよほどマズいだろ！」

「へーきだってばー。ボクちゃんとパパは血が繋《つな》がってないんだしー。結婚するのも子供作るのも問題なーし！」

「………………」

そう――。

俺と三人の娘たちは血の繋がりがない。義理の親子だ。

彼女たちがそのことを知るとショックを受けてしまうかもしれない――と俺はこれまでずっと隠し通してきたのが、とうとうそれを打ち明けることになった。

娘たちは戸惑いながらも、その事実を受け入れてくれた。血の繋がりがなくても私たちが家族であることには変わりがないと。ちなみに、メリルは血縁関係がないことをむしろ好機だと捉えているようだった。

「はいはい。バカ言ってないで。朝ごはんができたからさっさと起きなさい。このままだと魔法学園にも遅刻しちゃうわよ？」

アンナが腰に手を当てながら、メリルにそう促す。

「それと、早く服を着なさい」

「はぁーい……」

メリルは渋々というふうに身を起こした。

俺たちは同じ食卓を囲むと、アンナの作ってくれた朝食に舌鼓を打った。手を合わせていただきますと感謝を述べてから口にする。

「どうかしら？」

「うん。美味《うま》い。アンナ、随分と上達したな」

「ふふ。ありがとう。まだパパには適《かな》わないけど」

「お代わりを頂けますか？」

「ええ。まだまだあるから。遠慮なく食べちゃって。特にエルザ。あなたは身体が資本のお仕事なんだから。たくさん食べなさい」

「ありがとうございます」

「ねー。パパー。あーんして♪　あーん♪」

「おいおい。しょうがないな……」

「もうパパったら。メリルに甘いんだから」

「えへへー。仕方ないよねー。パパはボクちゃんのことが大好きなんだから。ボクちゃんもパパのことが大好きだけどー」

「……むぅ。メリルの甘え上手っぷりは私も見習わなければなりませんね。しかし、そのような軟弱な真似《まね》をするのは……」

「俺がメリルのことが大好きだというのはそうだが」と言った。「エルザとアンナのことも同じくらい大好きだからな」

　俺がそう言うと、場の空気が止まった。

　見ると、エルザとアンナは驚いたような顔をしていた。

「？　どうしたんだ？」

「い、いえっ……！」

「な、なに？　パパったらいきなり。びっくりした」

　突然、大好きだと言われて戸惑っていたらしい。

　確かに普段、面と向かって口にすることは少ない。

　お互いに恥ずかしいからだ。

　けれど。

「思ったことは口にしないと伝わらないだろう？」

　愛する娘たちと過ごす朝の時間は至福そのものだ。

　だからこそ、俺はこの幸せを守り抜かなければならない。この身を挺《てい》して、彼女たちに降りかかろうとする危機を打ち払ってみせる。

　アンナの手料理を食べながら、そんなことを考えていた。

第二話

正中線の前で剣を構える。

剣先を目の前にいる魔物——ゴーレムへと向ける。

この辺りに蔓延《まんえん》する瘴気《しょうき》に当てられて破壊の意思を持った石人形。そのデカい図体《ずうたい》は顎を反らさなければ全体を見ることができない。

高い攻撃力と防御力を兼ね備えた豪腕。

頭部の目に宿る光は、侵入者である俺に対する純粋な殺意をたたえていた。

——街外れの丘に出現したゴーレムを倒して欲しい。

それが今回、俺が冒険者ギルドにて受注したCランクの討伐任務。

本来、俺は冒険者からは足を洗った身だ。

しかし。

『実は今、人手が足りていなくて。他に討伐に赴けそうな冒険者がいないの。だからパパにお願いしてもいいかしら？』

ギルドマスターであるアンナにそう頼まれると断れなかった。それに放置しておけば街の人たちに危害が及んでしまう。

「夕飯の支度があるんだ。とっとと片づけさせて貰うぞ」

距離を挟んでゴーレムと相対する。

『グオオオオオオ』

ゴーレムはその巨体に反したスピードで駆け出した。

右腕を大きく振りかぶる。

数トンは下らないであろう体重を乗せた、ハンマーのような一撃必殺の拳を俺の脳天に向かって叩《たた》きつけてきた。

俺は真上に跳躍してそれを躱《かわ》した。

数瞬前まで立っていた地面が深々と穿《うが》たれる。

まともに喰《く》らっていたら即死だっただろう。

空中で身動きが取れない俺を、ゴーレムの無機質な瞳が捉えた。先ほど繰り出したのとは逆の腕でアッパーカットを繰り出してくる。

大気を切り裂いて唸《うな》る拳。

「ちっ！　石の人形のくせに賢い戦い方してきやがって！」

俺は剣を持つ手とは逆の方の手の平を開けた。風魔法を発動させる。吹き荒れる風圧によって身体の位置をずらした。

ゴーレムのアッパーカットが空を切る。

無防備になったその腕に向かって、剣を走らせた。

俺が地面に降り立つのと、切断されたゴーレムの腕が落ちるのはほぼ同時だった。すぐさま弾《はじ》かれたように振り返る。

片腕を失ったゴーレムは戸惑ったようにその場に立ち尽くしていた。比重が崩れ、重心のバランスを崩している。

ここが好機だと俺は真っ向から切り込んだ。

ゴーレムの懐へ飛び込むと、裂帛《れっぱく》の一撃を繰り出す。

剣先はバターにナイフを入れるかのように石の身体を切り裂いた。

ゴーレムの体軀《たいく》は斜めに真っ二つになっていた。奴《やつ》の心臓部に埋め込まれていた魔力の核を切断することに成功する。

『グオオオオオオ』

断末魔の声を上げながら、バラバラに砕け散るゴーレム。

俺は足元に散らばった石の残骸に魔力反応がないのを確認してから、剣を収めた。

ふう、と息をつくと、肩口を押さえながら、首を回す。ポキリと音が鳴った。

「ダメだな。ゴーレム相手にこんなに時間が掛かるとは。昔の俺なら、初撃で仕留めることができていたはずだ。やっぱり年か……?」

寄る年波には勝てないということだろうか。

……いや、きっとそうじゃない。あの頃の俺は神経が張り詰めていた。何が何でもSランク冒険者になるという鬼気迫る思いがあった。

だから、身の丈以上の実力を発揮できていた。

若さ故の万能感のようなものに満ち溢《あふ》れていた。

あの頃の切迫感は、今の俺からは消え失《う》せていた。

「つまりは、やっぱり年ってことだな」

俺は苦笑と共に結論づけると、丘の上から王都を見下ろした。山の稜線《りようせん》から溢れ出る夕《ゆう》陽《ひ》の赤が王都を包み込んでいる。

あの場所では、今も人の営みが行われている。

「さて。そろそろ戻るとするか。夕飯の支度が待ってる」


冒険者ギルドの門を潜《くぐ》ると、入り口付近にいた受付嬢が俺に気づいた。

ゆるふわパーマを掛けた鮮やかな金髪。おしゃれで垢抜《あかぬ》けた容姿。彼女はアンナの部下であるモニカという受付嬢だった。

「あ！　カイゼルさん、もう帰ってきた！」

モニカは抱えていた書類をほっぽり出して俺の元へやってきた。

「ゴーレム、無事に倒せたんですか？」

「まあね。これがその証拠だ」と俺は手持ちの革袋からゴーレムの核を取り出した。二つに割れたそれは鈍く輝いている。

「むぅ……！」

「どうしたんだ？　怪訝《けげん》そうな顔をして」

「ゴーレムってCランク級の魔物なんですよ？　それをこんな短時間で討伐できるものなんですかねえ？」

「つまり、俺が虚偽の報告をしてるんじゃないかと？」

「みなまでは言いませんけど。名探偵モニカちゃんは疑問に思ったわけであります」

「いや、全部言っちゃってるだろ。明らかに」

　と俺は苦笑した。

「ここにあるゴーレムの核が証拠にならないか？」

「ズバリそれは、行商人から購入してきたとか！」

「ゴーレムの核なんて使い道のないもの、売るような人はいないと思うが。それに虚偽の報告をしてもすぐにバレるだろう」

「そうよ。モニカちゃん。パパがそんなくだらないウソつくわけないでしょう」とモニカの後ろからアンナが姿を現した。

「あ、アンナさん！」

「パパ。おかえり。早かったわね」

「夕飯の支度があるからな。しかし、俺も衰えたもんだ。ゴーレムの討伐にこんなに時間が掛かるとは思わなかった」

「こんなにって……早すぎるくらいですよ？」とモニカ。

「モニカちゃん。パパは若い頃、神童だったのよ。史上最年少のSランク冒険者になるのは間違いないって評判だったそうだし」

「えええええ!?　カイゼルさん、そんなに凄《すご》い人だったんですか!?」

「昔の話だけどな」

「私、全然知りませんでした！　言ってくれれば良かったのにー」

「俺は昔、神童と呼ばれる冒険者だったたって？　自分で言うのは痛くないか？　若い頃の武勇伝を語るおじさんじゃないか」

いつまでも過去の自分を更新できない中年にはなりたくない。

……しかし、モニカは俺のことを全然知らないのか。栄光の部分だけじゃなく、その影の部分——エンシェントドラゴンを討伐することができず、汚名を着せられ、半ば王都を追放されるはめになってしまったことも。

モニカは若いから知らないってだけか？　いやでも、今まで王都で会った人たちは誰も俺の正体に気づかなかったしな……。

「それよりモニカちゃん、さっき頼んだ書類はどうなったの？　なぜか、そこにほっぽり出したままになってるけど？」

「うひゃい!?　い、今やろうとしてたところですよ!?」

「言っておくけど。それを片づけないと、今日は帰れないわよ？　冒険者ギルドの中で朝を迎えることにはなりたくないでしょう？」

「ひいいいい！　頑張りまーす！」

モニカは慌てた様子で書類をかき集めると、奥へ引っ込んでいった。いつ見ても気ぜわしい子だなと微笑《ほほえ》ましくなった。

「任務達成の報酬はいつも通りにしておいてくれ。それじゃ、俺は家に戻るから。アンナも残りの仕事頑張るんだぞ」

踵《きびす》を返そうとした俺を、アンナが呼び止めた。

「あ、そうだ。パパ」

「ん？　どうした？」

「さっき、パパを探してる人がギルドに来たわ」

「俺を？　知り合いか？」

「私は見覚えがないわ。その人は大きな剣を受付嬢に向けて『カイゼルはどこだ？』って威圧的に尋ねてきたの。任務に出ていると答えたら無言のまま去っていったけれど。ただならぬ物騒な雰囲気だったわ」

アンナは心配そうな目で俺を見つめてきた。

「……パパなら心配ないとは思うけれど。でも、気を付けてね。もしかすると、悪いことを引き連れてくるかもしれない」

「分かった。教えてくれてありがとう」

……俺を探している者か。アンナの報告の仕方からして、いい報せ《しら》を連れてくるものではなさそうだ。充分に気を付けておかないといけないな。

第三話

「うんうん。お主も大分、教師姿が板についてきたの」

魔法学園の授業が終わった後。

学園長のマリリンが教壇にいる俺の元までやってきて言った。

「ありがとうございます」

「生徒たちにも随分な人気ではないか。ええ？」

マリリンは顎を撫《な》でながら、辺りを睥睨《へいげい》する。

俺たちの周りには大勢の生徒たちの姿があった。

「カイゼル先生。聞きたいことがあるんですけど！」

「新しく習得した魔法を見て欲しいんだよ！」

「待ちなさいよ！　私が先に先生に質問しようと思ってたのに！」

「うんうん。教師と生徒の距離が近いのは良いことだの」

口々に言い寄ってくる生徒たちの様子を見て、マリリンは満足そうに頷《うなず》いた。

彼女は周りにいる生徒たちよりも背が低い。一見するとただの幼女だ。しかしその老獪《ろうかい》な口調には学園の長たる威厳が滲《にじ》んでいる。

「だが、カイゼルよ。お主、生徒に手を出すような真似《まね》はしてはならんぞ？　脳を下半身に乗っ取られてしまってはいかん」

「何言ってるんですか……。しませんよ。そんなこと」

俺と生徒たちがいくつ年齢が離れていると思ってるんだ。

彼女たちは娘のメリルと同年代なのに。

「そうですよ。カイゼルさんは誠実な方です。そのような下劣な真似はしません。発言を撤回して謝罪してください」

イレーネがメガネを指で押し上げながら、呆《あき》れた様子で言った。

メガネが似合う知的美人である彼女はこの学園の教師であり、俺が魔法学園の講師になるきっかけを作ってくれた人でもある。

学園内でも評判となっているらしい俺の授業を見学に来ていた。

「イレーネ。お主は随分とカイゼルの肩を持つなあ。やっぱりあれじゃろ？　カイゼルに惚《ほ》れておるんじゃろ？」

「なっ――――!?　勝手な決めつけをしないでください！　すぐに惚れた腫れただのという話に持っていくのは浅薄ですよ！」

「おうおう。生娘が吠《ほ》えておるわい」とマリリンは取り合わない。

「ちょっと！　セクハラですよ！　いくら相手が学園長でも看過できません！　然《しか》るべき対応をさせて貰《もら》います！」

「言っておくが、儂《わし》はこの学園の長じゃ。権力者じゃ。人事を全て握っておる。儂は儂を問題にすることはしない。以上。閉廷」

「こ、このぉ……！　権力の濫用を堂々として……！」

マリリンにやり込められて、イレーネはわなわなと怒りに打ち震えていた。しかしそれ以上は何も言い返すことができない。

「ところでカイゼル。メリルの姿が見えないようだが」

とノーマンがクールな口調でそう言った。

彼も俺と同じ魔法学園の講師であり、かつては俺を敵対視していたが、飲み会きっかけに意気投合してからは和解していた。

「ああ。メリルは今日、授業に出ていないみたいだ」

「珍しいな。奴は私やイレーネ先生の授業であれば躊躇《ちゅうちょ》なくサボるが、お前の授業は欠かさずに出ていたというのに」

「研究が忙しいんだそうだ。新しい魔法の開発のために研究室に籠もってる。ああなるとしばらくは出てこない」

「魔法の開発か……」とノーマンは呟《つぶや》いた。「メリルによって新たに開発された魔法は数多いからな。今度は何を研究しているんだ？」

「確か不老不死の研究とか言っていたな」

「「不老不死!?」」

ノーマンとイレーネが同時に声を上げた。

「不老不死と言えば先人の魔法使いたちが幾度となく研究しては、ついに実を結ぶことはなかった禁断の魔法だぞ!?」

「そんなものが実現すれば大変なことになりますよ!? 不老不死の研究を巡って、各国が戦争を仕掛けてくるかも……!」

「ほほー。面白いのう。今のうちにメリルに媚《こ》びを売っておくことにするかの。さすれば儂も永遠の若さをゲットじゃ」

マリリンが頬に手をあてがい、うっとりとしながら呟いた。

「ずーっと幼女姿のままピチピチじゃ♪」

「まあ、研究しているというだけで、結実するとは限りませんから」と言いながらも俺は研究の結実を半ば確信していた。

メリルは人からやれと言われたことは基本何一つやらないが、自分からやり始めたことについてはできるまでやるから。

しかし、もし結実してしまったら、イレーネの言う通り、不老不死の研究を奪いに戦争を仕掛けてくる国もあるかもしれない。

俺やエルザ、メリルがいれば大抵は大丈夫だと思うが……。

念のためにその辺りのことも考えなければならないかもな。

「……む?」

和気《わき》藹々《あいあい》とした空間の中、マリリンがぴくりと眉を顰《ひそ》めた。

「学園長、どうされたんですか？」イレーネが尋ねた。「……どうせ、またろくでもないことを思いついたのでしょうが」

「どうも、誰かが学園内に侵入したようじゃな」

「「え？」」

その場にいた者たちは、予想外の一言に虚を突かれた。

「な、なぜ分かったのですか？」

「この学園の敷地一帯には儂が結界魔法を張ってある。故に正門以外から入ろうとした者を感知することができるからの」

「子供や子犬が迷い込んだのでは？」とイレーネ。

「であれば、結界に弾《はじ》かれてしまいじゃ。儂の結界を打ち破り侵入してきた——となると十中八九悪意を持った者であろうな」

マリリンの言葉に、教室の空気は一気にぴりついた。

教師陣は険しい表情を浮かべている。

「侵入者の狙いは分からんが——このまま放っておくわけにはいくまい。学園内に入り込んだネズミは駆除しなくてはの」

マリリンが俺たち講師陣の顔を見回す。

「イレーネ。お主は教室に残り、生徒たちの護衛に当たれ。カイゼルとノーマンは儂と共に学園内に侵入したネズミを捜索する」

「はい。教師として、生徒たちの身を命に代えてもお守りします」とイレーネ。

「ふん……。伝統ある魔法学園に侵入するなど愚の極み。我々の手に掛かれば、ネズミの一匹や二匹は恐るるに足りん」

とノーマンが言った。

「お主ら、油断はするでないぞ。儂の結界魔法を打ち破ったとなると、侵入者はまず相当の使い手と見て間違いないからの」

第四話

マリリン曰《いわ》く——。

学園内に侵入者が紛れ込んでいるのは分かるが、居場所までは分からない。故に手分けをして探すことになった。

「何かあれば声を上げるのじゃ。儂は学園全体に魔法で通信網を敷いておるからの。すぐに応援に向かおう」

「ふっ……。それには及びませんよ。下劣な賊の一匹や二匹程度に、このノーマンが後れを取るはずがない」

「ノーマン。それはもしかして、フラグを立てておるのか？」

「む？　フラグとは何ですか？」

「いや、何でもない。取り越し苦労になることを祈ろう」

「任せておけ。今回、カイゼルに出る幕はない」とグーサインをかましてくるノーマンの姿を前に俺の中の懸念は膨らんだ。大丈夫だろうか？

「お主ら、武運を祈っておるぞ」

マリリンの一声によって、俺たちは散開した。

校舎内を歩き回って怪しい者がいないか探す。先ほど、マリリンが全校生徒に通知したこともあって、生徒たちは皆、自分の所属するクラスの中に待機していた。

侵入者の狙いはいったい何だろうか？

魔法学園は知の宝庫だ。心当たりとなるものはいくらでもあった。

……まあ、実際に捕まえれば分かることか。

その時だった。

頭の中に声が鳴り響いてきた。

『こちらノーマン。中庭にて、侵入者らしき人影を発見した』

おお。早速、侵入者を見つけたのか。

『よし。でかした。ノーマン、しばらく気づかれぬよう奴《やつ》を尾行するのじゃ。すぐに儂らが応援に駆けつけるからの』

とマリリンが指示をした。

しかし。

『いえ。それには及びませんよ』

『『ん？』』

俺とマリリンの声が重なり合った。

ノーマンの奴、どういうことだ？

『賊は見たところ一人のようです。なら、学園長たちの手を煩わせるまでもない。私一人でも充分ですよ』

『おいこら待て！　早まるでない！　儂らの応援を待たんか！』

『学園長。私はね。最近、カイゼルにお株を奪われっぱなしなのですよ。生徒たちからの支持もイレーネ先生の好感度も。ここらで八面六臂《はちめんろっぴ》の活躍をして、魔法学園にはノーマンありというところを見せておきたい』

ノーマンは熱の籠もった口調で言った。

『そして生徒たちから拍手喝采を浴び、イレーネ先生は私のことを見直し、あわよくば結婚を前提とした交際をスタートさせたい』

『聞いておるか？　待てと言うておるんじゃ。それとお主、勘違いしておるが、カイゼルが来る前からお主の好感度は低かったぞ』

『――イレーネ先生。あなたに侵入者の首を捧《ささ》げよう。では！』

『おーい。もしもし。この通信魔法、お主に限っては一方通行なのか？　儂の声はお主に届かない仕様になっておるのか？』

『…………』

『…………』

ノーマンからの連絡はそれっきり途絶えてしまった。

沈黙するマリリンはきっと、呆然《ぼうぜん》とした表情をしているだろうと思った。はあ、と深めのため息をついた後に彼女は言った。

『カイゼル。すぐに中庭に向かうぞ』

「了解しました」

俺はマリリンとの交信を終えると、校舎の階段を下りて中庭へ向かう。

広々とした敷地には芝生が敷き詰められている。緑の海の中央には、巨大な木が屹立《きつりつ》していた。それは魔法使いが集まる学園に蔓延《まんえん》する魔力を吸って成長した魔法樹だった。

ちょうど俺が中庭に到達するのと同時に、マリリンも合流した。

「むっ。あれは……」とマリリンが目を眇《すが》めた。

彼女の視線の先――魔法樹の根元に倒れている者がいた。尻を空に突き出し、四《よ》つん這《ば》いのような姿勢になっている。その人物は、魔法学園の講師が身につける服を纏《まと》っていた。

まさか――。

駆け寄ってみると、それはノーマンだった。白目を剝《む》き、泡を吹いている。完全に気を失っているようだった。

マリリンは近寄ると、彼の脈を取った。俺の方を見上げる。

「どうやら、死んではおらぬようじゃな」

とマリリンが呟いた。

「しかし、これで死んでいたら世界一無様な死に様だったの」

「ノーマン！　しっかりしろ！　何があった！」

俺はノーマンの両肩を揺さぶり、気を戻そうとする。

「う、ううん……」

「まどろっこしいのう。どれ。儂《わし》に任せてみよ」とマリリンは俺を制すると、ノーマンの鼻口に水魔法を流し込み始めた。

「がはっ!?　げほっ!?　ごほっ!?」

呼吸ができなくなったノーマンは激しくむせ込んだ。

「どれ。この方が早いじゃろ?」

マリリンが誇らしげな表情でピースサインを掲げてくる。

……もっと労《いたわ》ってあげて欲しい。

「して、ノーマンよ。状況を説明せよ」

「それが……侵入者に挑んだのですが、返り討ちに遭ってしまいまして。くっ……!　私ともあろうものが油断したッ……!」

「お主はいつも油断しとるじゃろ。交信の時点でフラグが立っておったわ。こんなに予想通りの展開もそうないぞよ」

「ノーマン。侵入者はどんな奴だった?」と俺は尋ねた。

しかし、ノーマンの表情は曇っていた。

「それがだな……よく分からなかった」

「え?」

「奴は幻影魔法を使って自分の姿を霧に包んで隠していた。だから、奴の姿を見ることはできなかったのだ」

「なんじゃそれ。使えんのー」とマリリンが言った。

「だが、ノーマンをこの短時間で倒したんだ。侵入者は相当の手練《てだ》れのようですね。警戒して当たらないと」

慢心しがちとは言え、ノーマンは宮廷魔術師を務めていたほどの使い手だ。それを倒すことができる者はそう多くない。

「奴の行き先は分からんままか」

「いえ。私は気を失う間際に見たのですが……奴は特別教練へと向かいました。研究室に用があるのではないかと」

「研究室って、あそこにはメリルがいるじゃないか！」

授業をサボって、メリルは不老不死の研究に没頭している。

……侵入者が研究室の方に向かったとするのなら、メリルの身が危ない！

「おい！　カイゼル！　待たんか！」

俺は研究室のある特別教練の方へと走り出していた。

その後をマリリンが追ってくる。

俺たちは特別教練の校舎に駆け込むと、階段を上り、メリルがいつも使っている三階の研究室へと一目散に向かった。

研究室の前に辿《たど》り着いた。

外れるほどの勢いで扉を開ける。

「メリル！　無事か!?」

研究室の中は明かりもなく、開け放った扉から差し込む光以外は薄暗い。左右の壁際には巨大な本棚が圧迫するように並んでいる。

微《かす》かな異臭が鼻をついた。踏み出した足裏に液体が触れる。

ピチャッ、と粘度のある水音が鳴る。

足元を見下ろすと、その液体は鮮やかな赤色をしていた。

「――えっ!?」

はっとして研究室の奥を見やる。

部屋の角――机があるところにメリルと思われる人影があり、彼女は項垂《うなだ》れるように力なく机の上に突っ伏していた。

まさか――。

俺の頭の中に最悪の想像が浮かんだ。

いや、でも、そんな……。

恐る恐るメリルの元へと近づいた。

触れて冷たかったらどうしよう……そんな懸念を抱きながら、祈るような想《おも》いでメリルの剝き出しになった肩に手を置いた。

その瞬間、糸が切れたようにメリルはごろりと床に倒れた。

ぎょっとする。

しかし、その表情を見下ろした時に安堵《あんど》の息が漏れた。

「すぅ……」

メリルは気持ちよさそうに寝息を立てていた。

「何だ。寝てるだけか……」

見たところ、外傷も特になさそうだ。

俺は大きくため息をつくと、メリルの身体《からだ》を揺さぶる。

「おい。メリル。起きてくれ」

「むにゃ？　パパ？　どうしたの？」

メリルは眠たげなまなこを擦《こす》りながら尋ねてくる。

この様子だと、侵入者はここには来なかったのだろうか？

「実は学園内に何者かが忍び込んだみたいでな。今、捜索に当たってるんだ。メリルは何か知らないか？」

「んー。その人ならさっきここに来たよ？」

「えっ!?」

と意表を突かれた俺は声を上げた。

「それ本当か？」

「うん。魔法で姿を見えないようにしてたから怪しいなーって思って。しかもボクちゃんに襲いかかってきたしね」

しかも、襲いかかってきただって!?

「まあでも、ボクちゃん強いからー。追い返してあげたけど♪　けど、薬品がこぼれて床が濡《ぬ》れちゃった」

床にこぼれていた液体は、研究に使っていた薬品だったのか。

てっきりメリルの血かと思った……。

「掃除しようかと思ったんだけど。やり方が分かんなかったから。ちょっと休憩しようと思ってるうちに寝ちゃった♪」

「…………」

まあ、家で家事とかしないもんなあ。

にしても、薬品を放置しておくのはまずい気がするが。

「むっ」と傍《そば》にいたマリリンが呟《つぶや》いた。

「どうしたんですか。学園長」

「今、結界が破られるのを感知した。恐らく、侵入者が逃げていったのだろう」メリルが先ほど追い返したのはそいつだろう。

「ということは、奴の狙いはメリルだったのか？」

「もしくはその研究かもしれんな」とマリリンが言った。「いずれにせよメリルが狙われたことは間違いない」

「メリル。侵入者はどんな奴だったんだ？……いや、確か、ノーマンが奴は魔法で姿を隠していたと言っていたな」

「ううん。ボクちゃん、姿見えたよ」

「そうなのか？」

「むっふっふー。ボクちゃんの魔力を侮らないで欲しいなぁー。幻影魔法くらいかるーく打ち破れるもんね」

「ほほう。さすが賢者と称されるだけのことはあるの」とマリリン。

「で、敵はどんな姿だったんだ？」

それが分かれば、何かしらの手がかりになるかもしれない。

「んーとね。覚えてない」

「はい？」

「戦ってる時もずっと、研究のことを考えてたから。忘れちゃった♪　ボクちゃんの頭には基本パパか魔法のことしかないから」

てへっ♪　と舌を出して微笑《ほほえ》むメリル。

「「…………」」

俺もマリリンも唖然《あぜん》とした表情をしていた。

「お主は子に愛されてるのだなあ」

マリリンが皮肉交じりに呟いた。

結局、侵入者については何も分からずじまいだった。

第五話

それから数日間は特に動きはなかった。

その日、俺は教官として騎士団の指導に当たっていた。

「やあああっ！」

騎士団に所属する女子——ナタリーが威勢よく俺に向かってくる。思い切りの良い剣筋が、胴を打とうと宙を切り裂いて走る。

俺はそれを木剣で受けた。柄《つか》を握る両手に重みを感じる。

「せいやっ！」

ナタリーは矢継ぎ早に剣を振るう。

後ろで一纏《ひとまと》めにしたポニーテールが揺れる。汗が舞い散る。

彼女が息継ぎをした一瞬の隙を狙い、俺は反撃に転じる。

「——うっ!?」

ナタリーは防御に徹しようとする。だが、彼女はその勇猛果敢な攻撃力の半面、防御に転じると弱いことは分かっていた。

形成は逆転する。

彼女は防戦一方になり、追い詰められると、反撃の一手を打とうとする。だが、それは更なる隙を生じさせることになった。

「これで終わりだ！」

「うぎゃあああ!?」

振り抜いた木剣は、ナタリーの胴を正確に打ち抜いた。

完全に一本を取った。

ナタリーは消沈したようにその場にがくりと膝をついた。鎧《よろい》を着込んでいるため、外傷を負ったということはない。

今の一撃によって心を折られただけだ。

「うぐぐ……。全然敵《かな》わなかったッス」

ナタリーは拳を握りながら、歯噛《はが》みしていた。

俺たちの打ち合いを観戦していた騎士たちは感嘆の息を漏らす。

「さすがカイゼル殿。一分の隙もない完璧な剣筋だ」

「ナタリーはうちの騎士団でもかなりの有望株だが……まるで手も足も出ないとは。赤子の手を捻《ひね》るようだった」

「エルザ殿が一撃も当てられなかったと言うだけある」

教官として一定の威厳を示すことはできたようだ。

俺が無様な戦いを見せれば、指導に説得力が出なくなってしまうからな。

「うーっ。打ち合いでカイゼルさんに勝つことができれば、エルザさんがうちにベタ惚《ぼ》れしてくれると思ったのに……！」

ナタリーは嘆きと共に地面をガンガン叩《たた》いていた。

彼女はエルザに憧れている。羨望という意味でも、恋慕という意味でも。だからエルザの憧れである俺を倒すことにより、自分に関心を向けさせようとしている。俺としては邪魔をするつもりはないが、負けてやる義理もない。

エルザが欲しいのなら、俺に勝って奪い取るといい。

「悔しいぃぃぃぃ!!」

「まあ、そう落ち込むなよ。ナタリーは俺の課した鍛錬にも食らい付いてくるし、筋が良いのは間違いないから」

「筋が良いっていうのは、対等な相手に掛ける言葉じゃないッス！　うちはまだまだ対等に見て貰《もら》えてないんすね」

……確かに。

ナタリーの言う通りだ。筋が良いという言葉は完全に上からの物言いだ。ライバルだと思うような相手には掛けない。

「いや、すまない」と俺はナタリーに声を掛けた。ナタリーは顔を上げる。俺は涙目の彼女に苦笑交じりに言った。

「正直、対等だとは見てなかった」

「改めて言い直さなくて良いッスよ!!」

ナタリーは顔を真っ赤にしながら、ムキーと怒ってくる。

「まあ、仮に良い勝負をしていたとしても、肝心のエルザが今はいないんだ。だから今日のところは矛を収めてくれよ」

エルザは今、街中の巡回に行って席を外していた。

ナタリーにとっては良いところを見せたい相手が不在なのだ。

しかし、騎士団長が自ら巡回に赴くとは殊勝なものだ。普通であれば、そういう業務は部下に任せきりにするものだが。

街の住民たちに近い存在でありたいんだろうな。

その時だった。

俺たちの周りを取り囲んでいた騎士たちがざわついていた。

「エルザ団長……!?」

「どうしたのですか!?」

どうやらエルザが巡回から戻ってきたらしい。

だが、やけに騎士たちが動揺している。

——何かあったのか？

騎士たちの視線を追った俺は自分の目を疑った。

「エルザ……!?」

苦々しい表情を浮かべたエルザは、負傷していた。

身に纏《まと》った輝かしい白銀の鎧には土がついている。

重たげに左肩を押さえていた。

何より、彼女が手にしている剣だ。半分から上が折れていた。

「お、おい。何があったんだ!?」

と俺は尋ねた。

エルザはバツの悪そうな表情になると言った。

「巡回の途中、いきなり声を掛けられたんです。『お前がカイゼルの娘か』と。私がそうですと答えると、その人は剣を向けてきました」

「それで戦ったのか?」

「……はい」

「しかし、エルザの剣を折るとはな……。不覚を取ったのか」と俺が尋ねると、エルザは苦虫を噛《か》み潰したような表情のまま、首を横に振った。

「いえ。不覚は取っていません。正面から正々堂々、打ち合いました。その結果――私は敗北を喫してしまいました」

「「!?」」

エルザの言葉に、騎士団の連中は一斉に息を呑《の》んだ。

「エルザ団長が負けただって……!?」

「バカな。団長は騎士団であり、Sランク冒険者なんだぞ!?　今まで団長が誰かに負けたところなんて見たことがない！」

「そんな奴《やつ》が市中に紛れ込んでいるなんて……！」

「エルザ。まずは無事で良かった」と俺は言った。生きていたのが幸いだ。

「相手は私の首を獲《と》るつもりはなかったようです。剣が折られ、勝敗が決した時点で相手から敵意は消えていました」

エルザはその時の光景を思い出しながら呟いた。

「相手の方はこう言っていました。『所詮、この程度か』と。そして剣を収めると、私に向かって伝言を置いていきました」

「伝言？」

エルザは頷《うなず》いた。

「ここであったことを全てカイゼルに伝えろと」

「……！」

エルザを襲った通り魔の目的は俺だった？

そういえば、アンナも言っていた。冒険者ギルドに俺を探している者が来たと。そいつも剣を受付嬢に向けていたらしい。

――とすると、魔法学園に忍び込んだ侵入者も？

真偽は分からないが、一度そいつと接触する必要がありそうだ。

第六話

石畳の上をたくさんの靴裏が叩いていた。絶え間なく流れてくる賑《にぎ》やかな会話。それはスコールのように俺の耳朶《じだ》を打った。

各々の目的地に向かって行き交う人々。

その間を俺は神経を張り巡らせながら歩いていた。感覚を尖《とが》らせ、ほんの僅かな違和感も取りこぼさないように留意する。

翌日。俺は騎士団の巡回に同行していた。

理由はただ一つ。俺を狙う何者かと接触するためだ。

向こうは俺の所在を求めているらしい。

であれば、こちらから出向いてやればいい。

そうすれば、娘たちに危害が及ばずに済む。

「父上。注意してください。相手は相当の手練《てだ》れです。正直、王都に来て出会った人々の中でも随一の剣の使い手でした」

騎士団長兼Sランク冒険者であるエルザにここまで言わせるのだ。どれだけ警戒してもしすぎということはないだろう。

「まさか、正面からエルザに打ち勝てる奴が王都にいたとはな」

エルザは紛れもなく強い。

この王都で一、二を争うほどの剣の使い手だ。だからこそ今の地位がある。それを負かしたとなると相当なものだ。

敵としては厄介なことこの上ない。

「だが、俺とエルザの二人を相手取るとなると厳しいだろう」

俺が巡回に同行すると申し出た時、エルザがお供を買って出た。どうしても俺のことが心配なのだという。

他の騎士たちは軒並みこの件には関わろうとしなかった。

曰《いわ》く――。

「エルザ団長が勝てなかった相手を俺たちがどうこうできるはずがない」

「カイゼル殿についていても足手まといになるだけだ」

「単純に怖い。死にたくない」

ということらしい。

最後の奴に関しては、騎士団精神はどうしたんだ？　と思わなくもない。まあ、彼らを巻き込む気はないが。

「エルザ。昨日教えてくれた襲撃者の特徴をもう一度お願いできるか」

エルザはこくりと頷いてから口を開いた。

「襲撃者は血のような深紅の髪に、人の背丈ほどもある剣が特徴的でした。彼女は修羅のような剣呑《けんのん》とした雰囲気を放っていました」

「ううむ……」

　と俺は顎を撫《な》でながら思考に耽《ふけ》る。

「父上？　どうしたのですか？」

「いや、エルザの言った襲撃者の特徴に覚えがある気がしてな」

「もしかして心当たりがあるのですか？」

「分からない。人違いかもしれない。だが……」

　エルザの言っていた人相の特徴とは一致する。

　とは言え、俺の記憶の中にある十八年前の彼女の特徴にだが。なので、まるで別の人間だったという可能性も充分にあり得る。

「その人物というのは、父上と敵対していたのですか？」

「そうだな。敵対はしていなかった……と思う」語尾が弱くなってしまった。「そいつは俺の元仲間だったんだよ」

「えっ？　仲間ですか？」

「ああ。エルザにも話したと思うが、俺はかつて冒険者をしていた。その時に組んでいたパーティの一人だった」

「父上はパーティを組まれていたのですね。何だか、私の知らない父上の姿を知ることができたようで少し嬉《うれ》しいです」

エルザはそう言った後、怪訝《けげん》そうに首を傾《かし》げた。

「しかし、だとすれば、なぜかつてのお仲間が私たちを襲ったのでしょう？」

「さあな。そもそもあいつかどうかも分からない。ただ一つ言えるのは」

と口にした時に通りから路地へと入り込んだ。

一気に人混みが掻《か》き消える。石畳を叩く靴裏の雨が止《や》み、喧噪《けんそう》が収まる。静寂の中に俺とエルザ以外の気配を感じた。

「言えるのは？」とエルザが先を促した瞬間だった。

その時、大気の流れが歪《ゆが》んだ。

——これは。

皮膚に風の予兆を感じた途端、俺は跳んでいた。

エルザの身体《からだ》を抱きかかえると、路地の地面へと倒れ込む。

次の瞬間、巨大な風圧の塊が数瞬前まで俺たちがいた場所を駆け抜けた。それは直線上にある石壁を深々と穿《うが》った。

「なっ……！？」

エルザが喉から声を鳴らした。

彼女は深々と穿たれた石壁を見て、青ざめる。

もう少し回避が遅れていれば、身体に穴が開いていた。

「……ふん。僅かな大気の乱れで攻撃の予兆を読み取ったか。まあ、私の知るお前であればそれくらいは当然だ」

不敵な声が路地の入り口の方から響いてくる。

俺は地面に倒れた状態のまま、顔を上げてそちらを見やる。薄暗い路地の中、通りから差し込む光が彼女のシルエットを白日の下に炙《あぶ》り出す。

燃えるような深紅の髪。

愛想の欠片《かけら》もなく固く結ばれた表情。

強い意志の光の宿った切れ長の瞳。

鎧《よろい》から覗《のぞ》く肌は硬く引き締まっており、鍛錬の跡が見て取れる。

肩に担いだ背丈ほどもある大剣。

間違いない――。

「なるほどな。俺を試したってわけか」

と呟《つぶや》き、口元に苦笑を滲《にじ》ませる。

「……久しぶりの再会だっていうのに、随分と手荒いじゃないか。もし俺が躱《かわ》せなかったらどうするつもりだったんだ？」

「この程度の攻撃も躱せないお前など、再会する価値もない。その時は土手っ腹に風穴を開けていさぎよく散ればいい」

何の躊躇《ちゆうちよ》もなく物騒なことを言い放つ彼女。

それは十八年前の記憶にある彼女とまるで変わらない。

「だが、お前は私の攻撃を予見して躱した。……子を持って腑抜《ふぬ》けたかと思ったが、最低限の鍛錬は怠っていないようだな」

誰しもが鉄仮面と見まごうであろう表情だが、長く苦楽を共にした俺には分かる。彼女は満足そうな表情を浮かべていた。

そうだ。いつだって彼女はそうだった。

相手が自分より強いか、弱いか。戦うことにしか興味がない。

「こうして会うのは十八年ぶりか？」

と俺は言った。

「変わらないな——レジーナ」

彼女の名を呼んだ瞬間、自分の身体にこびりついた錆《さび》が取れるような心地がした。

「……ふん。お前はすっかり変わったな、カイゼル」

十八年前、この王都で俺と共にパーティを組んでいた冒険者の仲間——レジーナが吐き捨てるようにそう言った。

第七話

俺がまだ娘たちと出会うよりも昔。

冒険者だった俺は同じ冒険者たちとパーティを組んでいた。

たった四人だけという小さな集まりではあったが、そこには後々に王都に名を轟《とどろ》かせる者ばかりが集まっていた。

レジーナはその内の一人だった。

モデル然としたスタイルの良さからは考えられないほどの怪力を持ち、人の背丈ほどの長さがある大剣を軽々と振り回していた。

自らに立ち塞がる者は皆、何の躊躇もなくぶった切る。

彼女の戦いぶりを見た人々は彼女に【鬼姫】という異名をつけた。鮮やかな緋色《ひいろ》の髪は屠《ほふ》った敵の返り血に染められたものという者もいた。荒唐無稽な話だ。だが、それを信じる者が一定数いたのは彼女が皆に恐れられていたからだ。

俺よりも三つ年下の彼女は一年という速さでBランク冒険者に昇格し、実力はすでにAランク級と目されていた。

将来はSランク冒険者も夢じゃないと期待されていた。

俺とレジーナのどちらが先に最年少でのSランク冒険者の座を摑《つか》み取るか。俺たちは仲間でもありライバルでもあった。
王都の人々も俺たちの昇格に期待してくれていた。
だが――。
結果として、俺はSランク冒険者にはならなかった。エンシェントドラゴンとの一件が
あり冒険者から足を洗ったから。
それから俺は王都を去り、レジーナとの連絡は途絶えていた。

「まさか、昔の仲間とこんな形で再会するとはな」

地面から起き上がった俺はレジーナと相対する。

「レジーナ。随分と美人になったな」

俺の記憶にある彼女は少女というイメージだった。

それもそのはず。

当時は十五歳。今は三十三歳。もう立派な大人の女性だ。

「歯の浮くような台詞《せりふ》は止めろ。気色悪い」

「その毒舌も相変わらずだな」

「私はただ、自分の思ったことを口にしているだけだ」

「それを世間では毒舌と言うんだよ」と俺は言った。「大抵の人間は皆、大人になると共
に自分の気持ちをオブラートに包む術《すべ》を身につける」

「処世術というやつか。つまらないな。そういう術に長《た》けている奴《やつ》の方が、私よりよほど毒されていると思うが」

レジーナはこの十八年間、ずっと変わらずに尖《とが》っていたらしい。

「これまで、何をしていたんだ？」

「ケーキ屋でも営んでいると思ったか？」

「だとすれば、そのケーキ屋は繁盛してなさそうだ」

俺はむすっとした表情で接客をするエプロン姿のレジーナを想像して苦笑した。この世で一番向いていない職業だろう。

「私は戦うことでしか生きられない。この剣を振るえなくなった時が死ぬ時だ。のうのうと王都を去ったお前とは違ってな」

険のある口調。

俺がパーティの連中にろくに相談もせず、三人の赤ん坊を引き取って故郷の村に帰ったことを怒っているのだろう。

まあ、そりゃそうだよな。納得できないか。

「なら、質問を変えよう」

俺は声を低くすると、レジーナを見据える。

「……レジーナ。お前、なぜエルザを襲った？」

レジーナはエルザに挑みかかり、そして負かした。

言質は取っていないが、魔法学園の侵入者や冒険者ギルドに現れてアンナに剣を突きつけてきた者も彼女だろう。

鋭い眼光で睨《にら》み付けると、レジーナは口角を歪めた。

「ふん。敵意の籠もったいい目だ」

そう言うと、レジーナは挑発的な目を向けてきた。顎をしゃくる。

「カイゼル。剣を抜け」

「何だって？」

「お前も知っているだろう。私は自分より弱い奴の言葉は聞かない。理由が知りたければ私に力を示してみろ」

レジーナの目には好戦的な光が宿っている。

どうやら、本気のようだ。

第一、彼女は冗談を言えるような器用な奴じゃない。

「……俺が勝てば、理由を話してくれるんだな？」

「ああ。約束してやる」

「……ったく。まさか十八年ぶりに再会した仲間と剣を交えることになるとは。ゆっくりお茶でもして話したかったのに」

「バカを言うな。言葉より剣の方が雄弁だ。お互いの歩んできた軌跡は全て、互いの剣を交わすだけで理解できる」

「それはレジーナだけだと思うが」

俺は首筋をポリポリと掻いた。

傍《そば》にいるエルザは困惑したような表情をしている。

まあ慣れてないとそうなるよな。

レジーナは基本、エルザ以上に剣一筋——戦闘狂だから。

相手が自分より強いか弱いか。それしか興味がない。

「とにかく、場所を変えよう。ここは街中だ。物を壊すとマズい。騎士団の皆に後始末をさせるのも申し訳ないしな」

第八話

騎士団の練兵場へとやってくる。

ここであれば暴れても迷惑にはならないだろう。

俺とレジーナが向かい合い、エルザや騎士団の面々が周りに集まっている。皆、固唾を呑《の》んで俺たちのことを見守っていた。

「あれがエルザ団長に打ち勝ったって奴か……」

「だが、カイゼル殿はエルザ団長が一撃も入れられないほどの実力者だ」

「父上！　気を付けてください。彼女はとても強いです」

ああ。レジーナが実力者だということは他でもない俺が一番よく知っている。当時から右に出る者はいないほどの剣士だった。

「得物は木剣にするか？」

「決まっている。真剣だ」

レジーナは一も二もなくそう言い切った。

「命のやり取りをする極限の戦いにおいてこそ、互いの真価が伝わる。チャンバラごっこがしたいならガキ共としろ」

「ま。レジーナならそう言うと思ってたよ」

俺は苦笑を浮かべながら、腰に差していた剣を抜いた。

一度息を吸い、正中線の前で構える。

レジーナは背中に負っていた大剣を抜くと、大きく振り抜いた。その瞬間、こちらに向かってくる風圧の弾丸がはっきりと見えた。

地面を抉《えぐ》り取りながら高速で迫ってきたそれを横に跳んで躱《かわ》す。

「はあああっ！」

レジーナは続けざまに風圧の弾丸を撃ち放ってくる。

間合いを詰めさせないという魂胆らしい。

魔法を使わない剣士のレジーナは本来、遠距離からの攻撃手段を持たない。弓手や魔法使いを相手にするのは弱いはず。だが、風を弾丸にして飛ばすという離れ業により、それらの相手とも同等以上に戦えるようになった。

俺は風圧の弾丸を躱しながら、レジーナに向かって火魔法を放った。

火球はレジーナに到達する前に風圧の弾丸に呑み込まれて掻《か》き消えた。生半可な威力の魔法では太刀打ちできないってことか。

土魔法を使って地面の草木を成長させ、レジーナの動きを止めるか？　いや、彼女の怪力の前に引きちぎられるのがオチだ。

このままではじり貧だ。何か間合いを詰める手段を考えないと。

「集中が疎《おろそ》かになっているぞ！」

眼前に風の弾丸が迫ってきていた。

地面を蹴り、跳んで躱す。

だが、その時、誘われたのだと気づいた。

躱した先に合わせるように風の弾丸が飛んできていた。

——これは躱せない。

早々に判断すると、身を守ることに徹する。

両腕を身体《からだ》の前に掲げる。風の弾丸が直撃し、全身を激しい衝撃が駆け抜ける。水切り石のように弾《はじ》き飛ばされた。

受け身を取り、素早く体勢を立て直す。追撃で飛んできた風の弾丸を躱す。

「カイゼル。やはり、戦闘の勘が鈍っているんじゃないか？」

とレジーナは言った。

「平和ボケで錆《さ》びてしまったんじゃないだろうな」

「好き放題言ってくれるじゃないか」

ぺっ、と。胸元にせり上がってきた血痰《けったん》を吐き出した。

そうだった。レジーナはただ大剣を軽々と振り回すだけの怪力女じゃない。こと戦いにおいては頭も切れるのだ。

十八年ぶりに剣を交えてみて分かった。

彼女の剣は錆びてはいない。むしろかつてより磨きが掛かっている。

絶え間なく鍛錬を積み重ねてきたのだろう。

だが、それは俺も同じだ。平和ボケしていると思われるわけにはいかない。レジーナの鼻を明かしてやらなければ。

まずは彼女の間合いに入らないといけない。

俺は無詠唱で火魔法——ファイアーボールを放った。

「ふん。さっきも見ただろう。私の風圧弾の前では、ファイアーボールなどムダだ。何度でも掻き消してやる」

「それはどうかな?」

「——何だと?」

俺は続けざまに無詠唱で今度は水魔法を放つ。宙に描かれた魔法陣から放たれた水流はファイアーボールと混ざった。

激しく蒸発し、レジーナの辺り一面に霧が起こった。

「——くっ!　見えない!」

俺は地面を蹴ると、霧の中に突入する。視界は遮られている。それは向こうも同じ。となると彼女が取るであろう行動は一つ。

巨大な風圧と共に霧が一気に晴れた。

払われた霧の中から、大剣を振るったレジーナの姿が露《あら》わになる。フォロースルーの後の彼女には隙が生まれていた。

俺が振り抜いた剣は、寸前のところで防がれた。

第二ラウンド。接近戦へと突入する。

火花が飛びそうなほどの激しい打ち合い。お互いに一歩も退《ひ》かない。ほんの一瞬の判断の誤りが勝敗を分けるギリギリの攻防。

観戦していた騎士たちは言葉をなくしていた。

宙を切って走る剣先は、レジーナの大剣の腹に防がれる。俺は片腕が空いていた。魔法を放つには絶好のチャンス。

レジーナもそれに気づいたのだろう。

「また猪口才《ちょこざい》な魔法を放つつもりか！」

「いいや。そうはしないさ。魔法を使うのは接近戦に持ち込むまでだ」

俺は振り抜いた剣の柄《つか》にもう片方の手の平も添えて握り込む。魔法を使うという選択肢を閉じると続けざまに攻め込む。

「俺は剣士として、レジーナを真っ向からねじ伏せる！」

「――っ!?」

レジーナは驚いたように目を見開いた。

そして、口元にうっすらと笑みを浮かべる。

「そうこなくては！」

レジーナの目は獣のように爛々《らんらん》とした輝きを放っていた。

打ち合っている際、彼女が戦いを心から楽しんでいることが伝わってきた。全身の細胞が瑞々《みずみず》しく発光しているかのような。

だから――。

勝敗が決した際も彼女には悔しげな色がなかった。

「俺の勝ちだな」

と彼女に剣先を掲げながら告げる。

「……ふふ。さっきの私の発言だが、撤回しよう」

レジーナは笑みを浮かべながら言った。

「カイゼル。お前は変わってしまったと言ったが、そうではなかった。お前は強い。そこだけは昔と変わっていないようだ」

第九話

夜。

自宅のリビングにある円形のテーブル。

俺たちはその前に向かい合うようにして座っていた。

「はい。パパ。紅茶を入れたわ」

「すまないな。ありがとう」

俺はアンナが持ってきてくれた盆の上から紅茶のカップを受け取る。そして対面に座るレジーナとエルザに差し出した。

「アンナの入れた紅茶は美味《うま》いんだ」

「……ふん。味など飲めれば何だっていい」

レジーナは俺から受け取った紅茶をずずずと飲む。

カップの持ち方に独特の癖が出ていた。

むっ、と固く結んでいた眉間がほどけた。

「……まあ、悪くはないな」

「そうだろう」

気に入って貰《もら》えたようだ。

「それよりパパ。この人の説明をしてくれる？」

アンナが空になったお盆を身体の前に抱えながら尋ねてくる。

「冒険者ギルドで私に大剣を向けてきたのは彼女よ。その彼女がどうして我が家の敷居を跨《また》いでいるのかってことも含めてね」

アンナがレジーナに向ける眼差《まなざ》しには、警戒の色があった。

致し方ないことではある。

誰だっていきなり自分に剣を向けてきた者をすぐには受け入れられない。

「彼女はレジーナ。俺が冒険者だった頃の仲間だ。俺を探し回っていたらしい。ようやくさっき遭遇して、軽く打ち合いをしてきた。この家に連れてきたのは、レジーナと募る話が色々とあったからだな」

「ふうん……。パパの昔の仲間ねえ……」

アンナはじろりとレジーナの方を無遠慮に見つめる。

「……何だ。じろじろと見て」

レジーナは不愉快そうにアンナの方を見返した。

常人であれば気圧《けお》されそうなほどの威圧感。

しかし、アンナにまるで怯《ひる》んだ様子はなかった。

「レジーナさんはパパのことが好きだったりするの？」

「――ぶっ！」

レジーナは口に含んでいた紅茶を勢いよく噴き出した。

「…………」

放たれた紅茶の飛沫《ひまつ》は、対面にいた俺の顔に降りかかった。

「――な、何を言い出すかと思えば！　私がカイゼルに好意を抱いているだと!?　適当なことを抜かすんじゃない！」

反論するレジーナは、これまで見たことがないほど狼狽《ろうばい》していた。

「本当かなあ？　反応からして、図星臭い気がするけど」

「えー。この人、パパのことが好きなの？　ダメだよ。パパはボクちゃんのもの。横取りするのは禁止なんだからね」

と寝室の布団に寝転がっていたメリルがひょこりと顔を覗《のぞ》かせる。

「お前たちが私の何を知っていると言うんだ。……ちっ。年頃の娘というのは何でもすぐに色恋沙汰に結びつけたがる」

レジーナは舌打ちをすると、

「私とカイゼルはかつて同じパーティに属していた。それ以上でもそれ以下でもない。恋慕の情などあるか。馬鹿馬鹿しい」

そう吐き捨てると、腕組みをしてむっつりと黙り込む。

しかし、耳にはうっすらと赤みがまだ残っていた。

レジーナは剣にしか興味がない奴《やつ》だからな。

この手の話は不得手なのだろう。

「まあ、それはともかくとしてだ」

と俺は話題を元に戻そうとする。

「レジーナ。訊《き》いておかなければならないことがある」

「何だ」

「なぜエルザを襲ったんだ?」

俺は自分の中の疑念を口にした。

「俺に用があるなら、エルザに案内して貰えばいいだけの話だ。彼女に喧嘩《けんか》を吹っ掛ける必要はないはずだろう」

「簡単な話だ。私はな、確かめてみたかったんだ」

「確かめる? 何をだ?」

「そこのエルザとかいう娘は史上最年少のSランク冒険者なんだろう。カイゼル。お前よりも早い昇進だったわけだ」

「そうだな」

「だから、私は確かめたかった。お前の娘は果たしてSランク冒険者にふさわしい実力の持ち主なのか。カイゼル。お前が自分のSランクの夢を捨ててまで育てる価値があるほどの奴だったのかをな」

レジーナはそう呟《つぶや》くと、醒《さ》めきった目でエルザを見やった。

「だが、結果は期待外れだったな」

「……っ!?」

エルザの目がショックに揺らいだ。

「レジーナ。君は一つ勘違いをしている」

と俺は言った。

「俺は自分の意思で彼女たちを育てたんだ。価値なんて関係ない。俺はただ、彼女たちが幸せに生きてくれればそれでいい」

「……だとすれば、余計に腹立たしい話だ」

レジーナは苦々しげに吐き捨てた。

「カイゼル。あの頃のお前は間違いなく王都で最強だった。真っ当にいけば最年少でSランク冒険者になっていたのはお前だ」

「買いかぶりだ。俺はそこまで大した人間じゃない」

と言った。

「それにエンシェントドラゴンの件での失態もあったんだ。Sランクに昇格できていたかなんて定かじゃない」

「だが、エンシェントドラゴンの件も元はといえばお前のせいではない！　私たちがお前をあさせたんだ！」

レジーナは声を荒げて叫んだ。

「──もうその話はよいだろう。過去には戻れないんだ」

俺がそう言うと、立ち上がっていたレジーナは気勢を削《そ》がれたようだ。

小さく舌打ちをすると席についた。

「……お前は私が唯一認めた冒険者だ。自分のことを卑下するのは許さない。それはお前を認めた私に対する侮辱だ」

「レジーナ……」

俺は残っていた紅茶を飲み干してから、

「いや、すまなかった」

と謝罪の言葉を口にすると、明るい声を出して言う。

「しかし、十八年というのはとんでもない時間だな。当時はあれだけ叩《たた》かれたのに、今や俺のことを覚えてる者なんて誰もいない」

王都に来てからというもの、一度も街の住人に正体がばれなかった。

過去に会ったことがある王女でさえも。

あの頃とは人相が違うとは言え、時間の流れを実感せざるを得ない。

「それはエトラが街の人間の記憶を操作したからだ」

「エトラが?」

かつて同じパーティの一員だった魔法使いの名前が出て驚いた。

「今、この街を魔物から守っている結界は十八年前にエトラが張ったものだ。そこに結界の内側にいる人間の記憶からカイゼルの存在を薄れさせる術式を組み込んだ」

「だけど、私たちは王都に来てからもパパのことは覚えていたわよ？」

「そーだそーだ。ボクちゃんはパパのこと、一日たりとも忘れてないよ？」

「持続式の魔法ではないからな。十八年前、結界が張られた時点で、街の中にいた連中にのみ作用したんだ」

　とレジーナが言った。

「王都ほどの規模の人間全員の記憶に干渉する魔法だなんて……そんなとんでもないことができるものなの？」

「他の魔法使いでは不可能だろうな。だが、エトラなら可能だ。それはカイゼル。お前もよく理解しているだろう」

　エトラは天才だった。

　当時――十八年前の俺は魔法使いとしても名が通っていたが、それでもエトラとはまるで比べものにならない。

　賢者という称号は彼女にこそふさわしい。

「もっとも、奴は表に出るのを嫌う上、人々のために という精神が微塵《みじん》もないからな。名は通っていないが」とレジーナ。

「そんなエトラが俺のために人々の記憶を薄れさせたと。何故《なぜ》だろう」

「さあな。真意は奴にしか分からん。単なる気まぐれという可能性もある。私たちがあれこれと推理したところでムダだ」

「天才の思考は、常人には理解できないからか」

「そういうことだ」とレジーナは頷《うなず》いた。

「ところで、レジーナは今まで何をしていたんだ?」と俺は尋ねた。「俺がいなくなった後のパーティはどうなったんだ?」

「それをお前に話してやる義理はないな」

「じゃあ、質問を変えよう。王都に帰ってきたのはいつだ?」

「黙秘権を行使させて貰う」

「随分と秘密主義になったんだな」

と俺は苦笑する。

「仲間のことを知りたいと思うのは、迷惑なことか?」

「……ふん。私たちに断りもなく王都を去ったお前に言われたくはないな」とぼそりと吐き捨てたレジーナの様子を見て俺は言った。

「レジーナ。もしかして、拗《す》ねてるのか?」

「何だと?」

「俺が勝手に王都からいなくなったから」

「……ば、バカを言うな。誰がそんな子供じみた真似《まね》をするか。私はただ、お前にされたことを仕返ししているだけだ」

「それを子供じみた真似って言うんじゃないの？」

とアンナが指摘した。

「聞いてる分には、完全に拗ねてるように思えるけど」

「くっ……！」

「あ。レジーナさん。顔、真っ赤になってるー。図星だったんだ」

メリルが楽しそうに指をさした。

レジーナはガタッと音を立てて席を立った。

「——お前たちといると調子が狂う」

踵《きびす》を返し、家から出ていこうとする。

その後ろ姿に向かって、

「レジーナ。またうちに遊びに来いよ」

と俺は呼びかけた。

「しばらく王都に滞在するつもりなんだろう？」

娘たちはぴりついた。

怒っているレジーナの火に油を注ぐのではと思ったからだ。

しかし。

「うちの料理は美味《うま》いぞ」

その言葉に、彼女の耳がぴくりと動いた。

「……ふん。考えておいてやる」

レジーナはそう言い置くと、扉を開けて外へと出ていった。

バタン。

俺たちだけになった後、アンナが、

「個性的な人ね」

と肩を竦《すく》めながら言った。

「冒険者って皆そうだけど。社会不適合者の集まりだもの」

「それは否めないな」

俺は苦笑を浮かべる。

「ただ、悪い奴じゃないよ。長年いっしょだった俺が保証する」

剣は言葉よりも雄弁だ。

打ち合いをした俺には分かる。

彼女の性根が真《ま》っ直《す》ぐなところも、また変わっていない。

第十話

翌日。

魔法学園の講師業を終えた俺はメリルと共に帰宅した。

しきりに甘えてくるメリルの相手をしつつ、台所で今日の夕食であるシチューの仕込みをしているとアンナが帰ってきた。

「今日は随分と早かったんだな」

「ええ。仕事が全部片づいたの。パパが任務をこなしてくれたおかげよ。日が暮れる前に帰ってこられるなんて本当に久しぶり」

「ぶー。せっかくパパと二人きりだったのにー」

メリルは不満そうな表情を浮かべていた。

「もっと残業してくればよかったのに」

「残念だったわね。パパを独り占めにはさせないわ」

アンナはメリルに挑発的な笑みを向けると、リビングのソファに腰掛けた。うーん、と大きく伸びをするとギルドの制服のまま寝転がる。

「アンナ。ダラダラしてるー」

「家でくらいゆっくりとくつろぎたいもの」

「ボクちゃんもその気持ちは分かるよ」

「メリルの場合は四六時中ダラダラしてるだろう」

と俺は苦笑した。

「むしろ息抜きしてない時間の方が少ない」

「人生ダラダラがボクの座右の銘だからねー」

「威張って言うことじゃないと思うけど」

アンナは呆《あき》れつつも、いつものことかと訂正を求めることもない。メリルの怠け癖は筋金入りだとこの十八年で重々理解しているから。

「そういえば、レジーナさんのことなんだけど」とアンナが言った。

「ん？　あいつがどうした？」

「調べてみたの。最近に至るまでのレジーナさんの冒険者としての活動を」

「へえ。そんなの分かるものなのか？」と俺は尋ねた。「あいつはずっと、この王都以外の街で活動していたんだろう？」

「冒険者ギルドはライセンスを持つ人の情報を共有しているから。別の街で活動している冒険者であっても照会することができるの」

「便利だな。だが、迂闊《うかつ》な行いもできなさそうだ。……それで？　レジーナの活動っぷりはどうだったんだ？　活躍してたのか？」

「活躍なんてものじゃなかったわ。大活躍よ」

アンナは言った。

「あらゆる高ランク任務をたった一人で達成していたわ。Aランク任務をソロで達成した人なんてパパ以外で初めて見た」

「あいつの剣の腕前は本物だからな。しかし、どれもソロで達成してたってことは。今はパーティを組んでないのか」

俺が村に戻った後、パーティは解散したのだろうか。

それからずっと、レジーナは一人で活動していた。

レジーナと実力で並び立てる者となると相当数は限られる。その上、誤解されがちな奴《やつ》の性格を許容できる者となれば……。

それこそ砂漠で砂金を見つけるくらいの難しさだろう。

「だけど、妙なのよね」

「何がだ？」

「実績だけを見れば、レジーナさんはとっくにSランク冒険者よ。なのに、彼女は未《いま》だにAランクのままなの。十年以上も前から」

「実力、実績ともに申し分ない。なのにSランクにはなれてないとなると……。昇格の条件に素行が含まれているのか？」

と俺は尋ねた。

「もしくは愛想であったりとか」

「まさか。冒険者にまともな人間性なんて期待していないわ。求めているのは有事の際に対応できる圧倒的な実力だけよ」

まあ、そうだよな。

冒険者は実力と人間性が反比例する人種だ。ランクが上がれば上がるほど、社会不適合者の割合が飛躍的に高くなる。

「となると、分からないな。あいつがSランクになっていない理由が」

「もしくは自分からSランクに昇格するのを辞退しているとかね。まあ、これはさすがにあり得ないとは思うけれど」

「今度、あいつに会った時にでも尋ねてみるとするか」

もっとも、素直に答えてくれるかどうかはかなり疑問ではあるが。

俺はシチューの仕込みを終えると、壁に掛かった時計を見やった。

夜の八時を回っている。窓の外は日が沈み王都を闇がすっぽりと包み込んでいる。他の家の灯《あか》りが窓から漏れて、蛍火のようだった。

「エルザの奴、今日は帰りが遅いな」

普段であれば、もう帰ってきている頃だ。

「何かあったのかな?」

「あの子のことだし、残業でもしてるんじゃない? 巡回の途中、街の人たちに頼まれ事をされるのもしょっちゅうだし」

王都の騎士団長ともなればお高く話しかけにくそうなイメージがあるが、エルザは街の人たちから随分と慕われているようだった。

街の者たちと同じ目線の誠実な態度が伝わっているからだろう。

「エルザなら、騎士団の練兵場にいるみたいだよ～」

「メリル。どうして分かったんだ？」

「むふふー。ボクちゃんの魔法を使えばこれくらいチョロいチョロい♪　皆がどこで何をしてるのかなんて筒抜けだよー」

「それは助かる——が使い方を誤ったら怖いな……」

常に監視される恐れがあるわけだ。

魔法を使っての監視であれば、魔法で対抗することはできるだろうが、そうすれば何か疚《やま》しいことがあるのかと勘ぐられそう。

俺は家を出ると、エルザを迎えに行くために練兵場へと向かった。

メリルの教えの通り、エルザの姿は練兵場の中にあった。

腰の長さにまで伸びた髪が、剣を振るうごとに揺れている。白銀の鎧《よろい》が、夜空に浮かぶ月の光を照り返す。

「精が出るな」

と俺は彼女の背中に声を掛けた。

「父上……」

エルザは剣を振る手を止めると、振り返った。額に浮かんだ汗を手の甲で拭う。ふうとようやくそこで息をついた。

「飯の時間になっても帰ってこないから、様子を見に来たんだ。練兵場に居残って素振りをするなんて殊勝じゃないか」

俺は言った。

「他の騎士たちにも見倣って欲しいもんだ」

「いえ。私なんてまだまだです」

とエルザは呟《つぶや》いた。

「……現にレジーナさんにはまるで歯が立ちませんでした」

「あいつは特別に強いからな。それに剣に費やしてきた時間も違う。あいつはエルザよりも遥《はる》かに長く生きてるんだ」

俺のフォローの言葉は、エルザにとっては何の気休めにもならなかったようだ。ぎゅっと口元を嚙《か》み締めている。

思い詰めたように黙り込んでいた。

やがて、彼女は固く閉ざされた鍵穴を開けるかのようにその口を開いた。

「レジーナさんは私との戦いに勝った後、言っていました。所詮この程度かと。カイゼルが自分のSランク冒険者になる夢を捨ててまで育て上げた娘というのは、カイゼルよりも劣る才能でしかなかったのかと。がっかりだと言われました」

「レジーナにも言っただろう。俺は自分の意思でエルザたちを育てたんだ。俺はただ、君たちが健やかに生きていてくれればそれでいい」

「ですが、それでは私は自分が許せないのです。過去の父上を知るレジーナさんにそう言わせてしまった自分の弱さが。父上の才能と可能性を食い潰したと思わせてしまった自分の未熟さ加減が」

「エルザ……」

「父上。私は強くなりたいです。他の誰よりも、レジーナさんよりも、過去の父上よりも強くなりたい。そうすることで、レジーナさんに証明したいのです。あの時、父上がした判断は間違ってはいなかったのだと」

　そう告げるエルザの目は力強く、意志に満ちている。

　俺に向かって語った彼女は、一本の真っ直ぐな剣のようだった。

　エルザはレジーナに負けこそしたが、決して折れてはいない。すぐに立ち上がり、自分を負かした相手に追いつこうとしている。

　なるほど。

　才能だけじゃない。

　この子が史上最年少でSランク冒険者になれた理由が分かる気がする。

「そういうことなら、俺も力を貸そう」

　と俺はエルザに向かって言った。

「レジーナよりも強くなれるように。エルザが納得できるように」

「……はい」

「とは言え、ほどほどにな。時には身体《からだ》をゆっくりと休めることも必要だ。今日のところは家に帰ることにしよう」

俺はエルザの肩に手を置いた。

「じゃないと、せっかく作ったシチューが冷めてしまう」

シチューという単語を出した途端、エルザのお腹《なか》がぐうという音を立てた。彼女はそれを恥じるようにさっと顔を赤らめた。

「……実は鍛錬に夢中で、昼から何も食べていなかったのです」

言い訳するようにそう呟いたエルザを前に、俺は微笑《ほほえ》みを浮かべた。

「そうか。なら、なおのこと早く帰らないとな」

月明かりの下、俺とエルザは皆の待つ家へと歩いて帰った。

第十一話

「パパ。実はね、頼みたいことがあるんだけど」

数日後。

冒険者ギルドに顔を出した際、受付にいたアンナにそう切り出された。

「ん？　また引き受け手のない任務でもあるのか？」

冒険者ギルドには今日も多くの冒険者たちが詰めかけていた。基本的に荒くれ者である彼らの一挙手一投足の立てる音は大きい。

故に喧噪《けんそう》に掻《か》き消されてしまわないよう声を張って尋ねた。

「そうね。半分当たりで、半分外れってところ」

「というと？」

「引き受け手がいない任務があるっていうのは本当。放っておいたら被害が出るかもしれないからパパにお願いしたいの」

「残りの半分の頼みっていうのは？」

「その任務にエルザを連れていって欲しいの」

「エルザを？……ということは、よほど難易度の高い任務ってことか。少なくともAランク以上はありそうだ」

エルザを同行させなければならない——そうアンナが判断したということは、生半可な難易度ではないだろう。

「あー。違うの。任務の難易度自体はCランク級よ。パパ一人だけでも余裕で達成可能な討伐任務だから」

アンナが俺の誤解を解くように言った。

「あの子を連れて行って欲しいのは、息抜きをして欲しいからよ。最近はずっと、朝から晩まで鍛錬ばかりしてるでしょう？　それ以外の時間も張り詰めっぱなしだし。ちょっとは休んで貰《もら》わないと気が滅《めい》入っちゃうのよ。主に私が」

レジーナよりも強くなると誓って以来、元々鍛錬漬けだったエルザは、生活の全てを剣に捧《ささ》ぐ勢いで剣を振るうようになった。

努力するのは結構なことだが、確かにオーバーワークな気はする。

「私が休めと言ったからって、素直に言うことを聞くような子じゃないし。パパの任務に同行していればその間は休めるでしょ」

「一応、Cランクの討伐任務なんだろう。言うほど休めるか？」

「パパやエルザにとって、それくらいの討伐任務なんて楽勝でしょう？　それに依頼先の村の辺りは有名な温泉地だから。温泉にゆっくり浸《つ》かれば、身体に溜《た》まった日頃の疲れも吹き飛ぶこと間違いなしだと思うわ」

「ほお。温泉か。それはいいいな」

熱々の温泉で身体の芯まで温まった後、風呂上がりに冷えた地酒をくいっと呷《あお》る。想像しただけでも疲れが取れるようだ。

「でしょう？　私も残業続きで肩こりが酷《ひど》いし。リラックスしたいもの」

「君も同行するのか？」

「ええ。せっかくの温泉旅だもの。留守番するのは嫌。有給を取るために山積みになった仕事を全部片づけたんだから」

「討伐任務が一気に家族旅行みたくなったなあ」

「とにかく、私は手続きをしておくから。パパはエルザに話をつけてきて。最近は騎士団も暇そうだし休みも取れるでしょ」

アンナはそう言うと、俺に向かってウインクしてきた。

「パパ。お願い♪」

「分かった分かった。……全く、アンナは父親使いが荒いなあ」と文句を言いながらも毎回律儀に従ってしまう俺であった。


「私が父上の任務にですか？」

騎士団の詰め所。俺はエルザの姿を見つけると、先ほどの話を切り出した。

「ああ。忙しいところ悪いが、頼めないか」

「ええ。仕事自体は問題ありません。他ならぬ父上の頼みですから。他の何を差し置いてでも優先する所存です。しかし……」

「しかし？」

「父上ほど強いお方が、わざわざ私に要請するくらいですから。今回の討伐任務は想像を絶するほど熾烈《しれつ》を極めそうですね」

「あー。うん。そうだな……」

「父上。どうかしたのですか？　目が泳いでいるようですが」

「気のせいだよ。はは」

「そうですか？　なら良いのですが。――とにかく、父上の期待に応えられるよう、全力を尽くさせていただきます」

エルザは俺が同行を打診してきたのを、俺一人では達成困難なほどの討伐任務だからというふうに捉えているらしい。

本当は俺一人でも全然問題ない難易度の任務なのだが……。

任務にかこつけて温泉地でゆっくり身体を休めようという、半ば慰安旅行のようなものだとは夢にも思っていないだろう。

やる気満々のエルザの様子を見ていると、言い出せないな……。

アンナの言う通り、騎士団は今、比較的余裕のある時期らしい。

ここのところ全く休みを取っていなかったエルザは有給が余りに余っており、あっさりと有給を取ることができた。

俺はエルザを連れてアンナの待つ冒険者ギルドへと向かった。

冒険者ギルドの前には一台の馬車が停《と》まっていた。

御者の男と、彼が手綱を引く馬には見覚えがあった。

あれは確か……。エンシェントドラゴンの討伐に向かう際に世話になった御者だ。

「あ。来た来た。こっちよ」

馬車の近くに立っていたアンナは、俺たちに気づくと手を挙げた。

「もう馬車を確保しておいてくれたのか。手際が良いな。だが、エルザが騎士団の休みを取れない可能性もあっただろう」

「パパに頼まれたら、この子は何としてでも休みを取るでしょ」

とアンナは断言した。

「エルザは重度のファザコンなんだから」

「わ、私はただ、父上の力になりたくて要請に応えたまでです！　親離れができていない軟弱者のように言うのは止《や》めてください！」

「いや、できてないでしょ。親離れ」

「できています！　私はもう立派に自立しています！」

「ふーん。パパとお揃《そろ》いの籠手《こて》を買って嬉《うれ》しそうにしてる子がねえ。それに眠れない日は未《いま》だにパパの使ってた木剣を抱いてるくせに」

「……そ、それは……」

アンナに指摘されて、エルザの語気は瞬く間に弱くなった。赤くなった顔を俯《うつむ》かせ、両手の指をつんつんと合わせながら呟《つぶや》く。

「ただ単に、父上のことをお慕いしているというだけです……」

「エルザ。良いことを教えてあげるわ。世間じゃそれをファザコンと言うのよ。一つ勉強になったわね」

とアンナが勝ち誇ったような顔で言った。

「いいじゃん。別にファザコンでも。ボクもパパのこと大好きだしー。何も恥ずかしがることないと思うなあ」

アンナの背中からぴょこりと顔を覗《のぞ》かせたのはメリルだった。公衆の面前にも拘《かかわ》らず何の躊躇《ちゆうちよ》もなく俺に抱きついてくる。

「パパだーいすき♪」

「メリルも来てたのか。アンナが呼んだのか？」

「ううん。呼びに行く前に、自分から聞きつけてきたの」

「ボク一人だけ仲間はずれなんて、絶対にダメだからね！　家に残されても家事も炊事も何もできないから餓死しちゃうよ！」

「凄《すご》く堂々と情けないことを言わないでくれ」

俺は苦笑と共に額を押さえた。もし俺たちの身に何かあってメリル一人残されたらどうするつもりなんだ？　親離れができていなさすぎるのも問題だ。

「アンナとメリルも同行するということは、以前のエンシェントドラゴンと同じくらいの危険を伴うということでしょうか」

推理を繰り広げたエルザは、ごくり、と喉を鳴らした。真剣な表情の彼女は、他の二人の娘たちの服装に胡乱《うろん》な目を向ける。

「……いや、それ以前にどうしてアンナとメリルは浴衣姿なのですか？　今までお風呂にでも入っていたのですか？」

「あ。やっと気づいてくれた」とメリルが言った。

アンナとメリルは浴衣に身を包んでいた。軽そうな生地には花柄があしらわれ、裾の部分がひらひらとしている。腰に結んだ帯が二人のスタイルの良さを強調している。

涼しげだし、とても可愛《かわい》らしい。

「依頼先の街に着いてから浴衣に着替えるのも面倒だから。着いたらすぐに温泉に入れるようにしておきたいじゃない？」

指を立てながら言ったアンナの言葉に、エルザは目を点にしていた。えーっと、と眉間を押さえる彼女は事態についてこられていない。

「これよりSランク級の討伐任務に赴くのではないのですか？」

「何言ってるの？　今回受けたのはCランク級の討伐任務よ？　どちらかというと温泉に入るのがメインで任務はおまけよ」

「……あの。だとすれば、なぜ私も同行することに？」

「エルザ。あなた、最近ずっと鍛錬ばかりしてたでしょう？　たまには剣のことを忘れてゆっくり身体《からだ》を休めなさい」

「ち、父上」

とエルザは俺に助けを求めるような目を向けてきた。

「まあ、そういうことらしい。根を詰めすぎるのも良くないからな。もちろん、討伐任務はしっかりとこなすぞ」

俺がアンナとメリル側の立場に立っていると分かると、これ以上何かを言ったとしてもムダだと判断したのだろう。

エルザは観念したようにため息をつくと言った。

「……分かりました。一度引き受けた任務を破棄するのは冒険者の名折れ。私も皆さんに同行しましょう」

「そうこなくっちゃ」

アンナは満足そうに微笑《ほほえ》んでいた。

「エルザ。温泉でいっしょに身体流し合いっこしようね♪」

メリルがじゃれるように言った。

「……そうですね。私もメリルの背中を流しましょう」と苦笑交じりに呟いたエルザからは抵抗の牙が完全に欠けていた。

こうして俺たちは温泉旅行、もとい討伐任務に繰り出した。

第十二話

魔物の討伐依頼が出された温泉村ユバラは王都を出て馬車で丸一日の距離がある。

途中の街で一泊してから翌日の昼前に到着した。

ふもとにあるユバラからは巨大な火山を臨むことができた。天を突くようにそびえる山の頂上付近には雲が掛かっている。

「ふう。ようやく着いたな」

俺は御者台から降りると大きく伸びをした。

「ありがとう。今回も助かったよ」

「いえいえ。旦那たちといっしょだと魔物の心配をしなくて済みますから。それに以前はあんなに報酬も弾《で》んで貰いましたしね」

御者の男は揉《も》み手をしながらにんまりと笑みを浮かべる。

以前、エンシェントドラゴンの討伐に向かう際、危険が伴うからと相場の数倍の報酬金を渡したのを恩義に感じているらしい。

「帰るまではゆっくりしておいてくれ」

「ええ。あっしも温泉に浸からせて貰うことにしますよ。旦那の美人の娘さんたちと混浴をするというのも悪くないですねえ」

「俺の目の黒いうちは、そんなことは許さないぞ」

「はは。冗談ですってば。だから旦那、真顔は止めてください。旦那ほど強い方にその顔をされると本気でちびりそうになるので……」

念には念を入れて釘《くぎ》を刺しておかないとな。

娘たちに手を出させるようなことはしない。……親バカすぎるだろうか？　いやでも親としては当然の行いのはずだ。うん。

「ずっと座ってたからお尻いたいー」

メリルはお尻をさすりながら呟く。

「早く温泉入ろう！　温泉！」

「ダメですよ。まずは魔物を倒さないと」

「大丈夫だってば。温泉に入ってからでも。疲れた身体で戦闘に臨んだら、雑魚相手でも足元を掬《すく》われちゃうかもよ？」

メリルはそう言うと、

「ということで、ボクちゃんはパパといっしょに温泉に向かいまーす♪」

「おいおい」

メリルが俺の腕を取り、温泉に向かおうとした時だった。

「旅のお方。我が村の温泉に入るつもりかな？　であれば、今は止めた方がいい。自分の命が大事なのであればな」

彼女たちを呼び止める声がした。

娘たちの進路に立っていたのは老人だった。

禿頭《とくとう》で顎に白髭《しらひげ》を蓄えている。布のローブを身に纏《まと》い木の杖《つえ》を持っていた。この村の住民であることは間違いなさそうだ。

「どういうことですか？」とエルザが尋ねた。

「我が村の温泉は毒ガスが発生するようになってな。入ろうものなら、癒やしではなく死をもたらすものになってしもうた」

「「「えっ」」」

俺たちは互いに顔を見合わせた。

「毒ガスですか」

「うむ。村の近くに巣を構えるモグラの魔物連中が、温泉の噴き出す水路に毒ガスを発生させる素《もと》を混入させておるらしくてな。おかげで商売あがったりだ。温泉はこの村唯一の観光資源だからなあ」

「温泉に入ってたら、文字通り昇天するところだったねー」

「メリル。全然笑えませんよ……」

ケタケタと笑うメリルに、エルザが呆《あき》れたように言った。

老人は言った。

「冒険者ギルドに討伐任務の依頼は送ったのだが……。いかんせん資金難で満足な報酬金も支払えなくてなあ。一向に受注されなかった」

　だが、と老人は続けた。

「先日、ようやく任務を受注してくれる冒険者が現れたようでな。我々はその冒険者たちを首を長くして待っているのだ」

　俺は彼の言葉を聞いて苦笑を浮かべた。頭を下げる。

「すみません。お待たせしました」

「――というと、お主たち、もしかして例の冒険者たちか？」

「ええ。遅くなりましたが、馳《は》せ参じました」

「おお！　それはありがたい！　よくぞ来てくれた！」

　老人は目を見開くと、俺の手を取ってきた。

「この村にとって、お主たちは希望の光だ。どうか忌々しい魔物連中を討伐し、この村に温泉を取り戻して欲しい」

「任せてください」

「そうじゃないと、温泉入れないしねー」とメリルが言った。

「何も心配する必要はないわ。冒険者ギルドきっての凄腕《すごうで》が二人もいるから。あっという間に魔物を倒してきてあげる」

「期待しておるぞ」

　と老人は言った。

「私はこの村の村長を務めているからな。温泉が復活した暁には、温泉宿を無料かつ貸切で提供させて貰《もら》おう」

「良いのですか？」

「村の温泉が元通りになるのなら、それくらい安いものだ。しかし気を付けてくれ。魔物連中は中々に手強《てごわ》いぞ。村の手練《てだ》れたちが束になってもまるで歯が立たなかった。冒険者と言えど油断しては痛い目を見ることになる」

言われるまでもない。格下の相手とは言え、魔物は魔物だ。ほんの少しの油断に足元を掬われてしまう可能性もないとは言えない。

気を引き締めて、全力で仕留めに掛からなければ。

第十三話

村を発《た》つと、村長から聞いた魔物の巣へと向かった。

それは火山のふもとにある森林の中にあった。

樹齢数百年は下らないような大木が立ち並び、広がる葉に太陽の光は遮られ、昼なのにそこだけは永遠の夜の様相を呈していた。

岩山に大きな生物の口のような穴が穿《うが》たれている。離れたところから覗《のぞ》き込む。どうも穴は地下深くへと続いているようだ。

「ここが奴《やつ》らの巣というのは間違いなさそうだ。濃密な瘴気《しょうき》を感じる」

「そうみたいね。私は全然、戦いには通じていないけれど、この中からは近寄りがたい厭《いや》な感じがひしひしと伝わってくるもの」

巣の中を覗き込みながら、アンナは顔をしかめていた。

「しかも、何だか臭いし。最悪」

「相手は夜目が利きますが、我々はそうではありません。その上、当然ながら向こうは巣の内部を把握しています」

「敵にはかなり地の利があるってわけね」

アンナの言葉に、エルザはこくりと頷《うなず》いた。

「しかし、ここで手をこまねいているわけにはいきません。こうしている間にも村の方々は困っているのですから」

「エルザ。まあ待て。そう急《せ》くな」

俺は勇み足で巣の中に踏み込もうとするエルザの肩を摑《つか》んで止めた。

「何もバカ真面目に向こうの土俵で勝負してやる必要はないだろう。こっちの土俵に引きずり出してやればいい」

「はあ……。おびき出すということでしょうか？　しかし、どうやって？　モグラは地上には姿を見せないのでは？」

「簡単だよ。そうせざるを得ない状況を作ってやればいい。メリル」

俺が呼びかけると、メリルは「んー？」とあどけない顔を向けてきた。ちょいちょいと手招きをすると、彼女は子犬のように駆け寄ってきた。

そっと耳打ちをする。

「どうだ？　できそうか？」

「むふふー。バッチリ任せておいて！」

メリルは親指と人差し指で丸を作った。

俺とメリルは巣の入り口に並び立った。ここより先は斜面になっており、底知れぬ暗闇が大口を開けて待ち構えている。

「ボクとパパとの共同作業だねー♪」

「まあそうだが。変な言い方をしないでくれ」

俺は苦笑を浮かべると手の平をかざした。

メリルもその後に続く。

二つの魔法陣が宙に浮かび上がった。

「『ウォータースプラッシュ！』」

阿吽《あうん》の呼吸で詠唱を終えると、青く光輝いた魔法陣から大量の水が解き放たれた。それは斜面に沿って巣の中に流れ込んでいく。

先ほどまで静寂に包まれていた暗闇の底が、にわかに騒がしくなった。

悲鳴、そして当惑の鳴き声。

いきなり大量に流れ込んできた水にパニックを起こしているようだ。

「なるほど。水責めってわけね。巣を水没させれば地の利を掻《か》き消すことができるわ。敵の戦力も大幅に削れるだろうし」

アンナの推察の通りだった。

敢《あ》えて不利な戦況に飛び込んでやる必要はない。

並みの魔法ではこの作戦は取れない。

上級の水魔法を行使することができる俺とメリルだからこそだ。

「エルザ、俺たちより少し前に立っていてくれ」

「？　は、はい」

「もう少ししたら、行き場を失った敵たちが逃げてくるはずだ。エルザはそこをすかさず迎え撃って欲しい」

「――分かりました！」

意図を理解したエルザは、勇みながら前線に立った。剣を構える。

その剣の見せ場が来るまでに、そう時間は掛からなかった。

ドタバタと気ぜわしい足音が迫ってくる。暗闇の中から逃げ場を求めて地上へ駆けてくるモグラの魔物たちの姿が露《あら》わになった。

奴らはエルザの姿を捉えた瞬間、ギョッとした。だが、すぐに敵意を露わにすると、鉤《かぎ》爪《づめ》を振るいながら襲いかかってくる。

だが、そんなものはエルザにとっては敵ではない。

「――はあっ！」

迷いなく繰り出された剣先は、モグラたちの身体《からだ》を切り裂いた。

奴らはまるで反応することもできずに次々と地に伏せる。

神速とも謳《うた》われる剣捌《さば》きを、この程度の魔物に防げるわけがない。

来た球を打ち返すがごとく、エルザは逃げてきたモグラたちを斬り伏せた。どれも全く油断のない本気の剣筋だった。

その内、巣内に溢《あふ》れかえった水により、水位が俺たちの下まで上がってきた。

激流の中を泳ぎ切ることができずに溺死してしまったのだろう。物言わぬモグラたちがぷかぷかと浮いてきた。

「これで一通りは片づいたんじゃない？」とアンナが言った。

「みたいだねー。巣の中、水浸しだし」

「でも、さすがはパパとメリルね。水魔法で敵の巣ごと沈めちゃうなんて。潜ればきっととんでもない規模があるわよ」

アンナが感心しながらそう言った。瞬間だった。

俺とエルザはほとんど同時にその気配に気づいた。むせ返るような濃密な瘴気がすぐ傍《そば》にまで迫ってきている。

——どこだ？

視線を素早く走らせた俺は、アンナの足元に目をやった。

「——アンナ！　そこを退《ど》け！」

「えっ？」

アンナの足元の地面が盛り上がろうとしているのが見えた。

その瞬間、俺は弾《はじ》かれたように動き出していた。

アンナの身体を抱き込むと、そのまま地面へと伏した。——数瞬後、先ほどまでアンナがいた場所を地中から飛び出た鉤爪が裂いた。

ほんの少しでも反応が遅れていたら、今頃は串刺しだった。

『ちっ。外したみたいだな』

地中から忌々しげな舌打ちの音が聞こえてくる。

俺はアンナを抱いて地面に倒れた状態から、顔だけを上げた。

さっき俺たちが立っていたはずの地面には大きな穴が穿たれ、今までのモグラとは一線を画すほどの巨大なモグラの魔物がそびえていた。

体長は五メートル近くあるだろうか。

獰猛《どうもう》な目つきに、赤褐色の表皮。でっぷりと太った肥満体型。

「お前がこの巣のボスのようだな」

人語を話していることからしても、間違いなさそうだ。

ある一定以上の強さと知性を持つ魔物しか、人語を解することはできない。奴がそこらのモグラの魔物とは違っている証拠だ。

『よくも俺たちのアジトに水を流し込んでくれたな。おかげでアジトは水浸し。俺様の可愛《かわい》い子分たちは軒並み死んじまった』

ボスモグラは俺たちの方を真《ま》っ直《す》ぐに睨《にら》み付けてきた。

『この落とし前、どうつけるつもりだ？』

「先に手を出してきたのはそっちだろう。温泉の湧き出る水流に毒素を混ぜた」

『ああ。それは確かに俺様たちの仕業だ。俺様たちに毒素は効かないからな。村の連中を追い出して占拠するつもりだった』

ボスモグラは二重になった顎を撫《な》でながら言った。

『人間なんぞにあの温泉をくれてやるのは惜しい。あれは俺様たちのものだ』

「そうはさせない。お前たちを倒して、温泉の湯を浄化する」

『できるものならやってみるといい。その前に俺様がお前らを殺すのが先だ。可愛い子分たちの仇《かたき》は討たせて貰う！』

ボスモグラはぐっとしゃがみ込むと、その巨体に似合わず高らかに跳躍した。大きな腹で俺たちを潰そうとしてくる。

あの巨体を受け止めるのは難しい。

「皆！　一旦、退避するんだ！」

号令に従って、娘たちも含めて全員が飛び退《の》いた。ずうん、と大地全体が揺れるかのような音が響いた。

少しして、のそりと洞窟の入り口からボスモグラが這《は》い出してくる。

『ちっ。ちょこまかと逃げやがって……！』

ボスモグラは血走った目で俺たちの方を睥睨《へいげい》してくる。

鉤爪を口元に宛《あて》がうと口笛を吹いた。

その音に呼応して、残党のモグラたちが飛び出してきた。

パッと目視しただけでも十匹以上いるだろうか。

取り囲まれる形になる。

数だけで言うと形成逆転したことに優位を覚えたのだろう。

ボスモグラは見下すような笑みを浮かべた。

『くく。お前たちは俺様たちを嵌《は》めたつもりだったのかもしれんが。実は俺様たちがお前たちを嵌めたことに気づいていないようだな」

「どういうことだ？」

『抜かりのない俺様は村に密偵を出していてな。村の連中は、冒険者ギルドに俺様たちの討伐依頼を送っていただろう』

「ああ。そうだ。だからこそ俺たちは今ここにいる」

『冒険者ギルドは俺様たちの討伐をCランク任務と定めたらしい。——だがそれは、俺様の存在を排した上での評価だ。今回のようなことが起きるのを想定して、俺様は村の連中には自分の存在を隠していたからな』

ボスモグラは自身の賢さを誇るように言う。

『俺様の存在を加味した上での討伐難易度はBランク超ってところだろう。Aランク級という評価もあり得るな。冒険者ギルドが定めた討伐難易度からして、恐らくCランク級の冒険者——すなわちお前たちを送り込んできたのだろうが。残念ながら、俺様はお前たちよりも遥《はる》かに格上というわけだ』

ボスモグラはたぷたぷの顎を撫でながら、俺たちを見下ろしていた。

「密偵を送り込んで冒険者ギルドの動向を窺《うかが》っていたとは。凄《すご》いな」

その上、自分の存在を隠してわざと任務のランクを下げさせたとは。

随分と頭の回るモグラだ。

『先ほどの奇襲こそ見事だったが、正攻法では俺様には敵《かな》うまい。お前たちの勝ち目はもうなくなったのだ！』

完全に自分たちの勝ちを確信しているのだろう。

ボスモグラは大きな腹を揺らしながら高らかに笑っていた。周りにいた子分たちもそれに追従してケタケタと笑い声を上げる。

「んー。それは確かに凄いんだけど……」

笑い声を上げるモグラたちを前にアンナは気の毒そうな表情を浮かべていた。眼差《まなざ》しの中には同情の色が浮かんでいた。

「やっぱり、モグラの限界なのかしらねえ」

『あ？　俺様たちをバカにするなよ？』

ボスモグラは号令を掛けた。

子分のモグラたちが一斉に襲いかかってくる。

「父上。ここは私にお任せください」

エルザが一歩前に出ると、剣を構えた。

凪《なぎ》のようにしんとして動かない。

その間にもモグラたちが迫ってくる。

『俺様たちの迫力に押されて、動くことすらできないか!? 良いだろう! まずはお前から八つ裂きにしてやるよ!』

モグラたちを限界まで引き付ける。

間合いに入るのと同時に、剣を閃《ひらめ》かせた。

一斉に飛びかかってきたモグラたちは、エルザの元に辿《たど》り着くこともできず、蝿《はえ》のようにポトポトと地面に落ちていった。

『むっ……!? 俺様の可愛い子分たちをたった一撃で……!?』

いとも容易《たやす》く蹴散らされたモグラたちを前に、ボスモグラは動揺していた。そういえば奴《やつ》は地中にいたから、エルザの戦いぶりを見るのは初めてなのか。

たじろいでいるボスモグラを前に、アンナが問いかけるように言った。

「ねえ。あなたはこうは考えたことはない? Cランクの討伐任務だからって、Cランクの冒険者が来るとは限らないって」

『何だと?……では、まさか、お前たちはBランクの冒険者だというのか?』

「? そういえばボクって、どのくらいのランクなんだろ」

「メリル。あなたは冒険者ライセンスを持ってないから、冒険者じゃないでしょ。部外者を討伐任務に同行させてる私もどうかと思うけど」

きょとんとするメリルに、アンナが自嘲交じりにそう呟《つぶや》いた。彼女はボスモグラの方へ向き直ると、そのでっぷりとした巨体を見上げる。

「教えてあげるわ。ここにいるパパはかつて神童と謳われたAランク冒険者よ。そしてこっちのエルザは——史上最年少でのSランク冒険者よ」

『Aランク冒険者にSランク冒険者だと……!?』

ボスモグラの顔つきが明らかに変わった。

余裕めいた笑みが消える。

『バカな！　そんな高ランクの冒険者がなぜCランク程度の討伐任務に!?　お前たちはハッタリを言っているんだろう！』

「いや。申し訳ないけどこれが本当なんだよ」

俺は苦笑を浮かべながら言った。

「実は家族で慰安旅行をしようってことになってな。ちょうど温泉地に討伐任務があったから受けることにしたんだよ」

『なっ——!?　では俺様たちの討伐はついでだと!?』

「まあ、そういうことだ。悪いな」

『…………』

自分たちは旅行のついでに討伐される存在だった。

その事実は相当ショックだったらしい。

ボスモグラは悪い夢を見ているかのような、呆然《ぼうぜん》とした表情を浮かべていた。しかし色の抜け落ちた表情は、すぐに憤怒《ふんぬ》に塗り替えられた。

『ふざけやがって！　Ａランクだろうがsランクだろうが関係ない！　今、ここでお前たちを潰せば俺様の勝ちなんだよ！』

確かにそれは奴の言う通りだ。

ランクなんて肩書きはこと戦場においては何の意味も持たない。

勝つか、負けるか。生きるか、死ぬか。それだけ。

ただ――高ランク冒険者の肩書きを得ている者というのは、得てしてそれ相応の実力を持ち合わせているわけで。

自称Ａランク級の実力を持つボスモグラの振り下ろした鉤爪《かぎづめ》くらいであれば、エルザも俺も造作もなく止めることはできる。

『――っ!?』

容易に攻撃を止められたボスモグラは、驚愕《きょうがく》に目を見開いていた。

そのまま俺は剣を走らせる。

ヒュンッ！

切断されたボスモグラの鉤爪が地面に落ちた。

『お、俺様の鉤爪が……!?』

主だった攻撃手段を失い、あたふたとしているボスモグラに俺は言った。

「悪いな。そろそろ終わらせないと。移動で汗を掻《か》いたし、日も暮れてきた。村の温泉に入ってゆっくり休みたいんだ」

あくまでも温泉が今回の遠征のメインなんだということを強調しておいた。

ボスモグラのプライドはズタボロのはずだ。

『ぐ、グオオオオオオオ！』

案の定、怒りに我を忘れて襲いかかってきた。

こういう時はまず、冷静にならなければいけないのに。

ボスモグラは残ったもう片方の鉤爪で切りつけようとする。

だが奴の攻撃が俺に到達するよりも、俺の放った剣が奴の巨大な体躯《たいく》の肩口から腰までを切り裂く方がずっと早かった。

ボスモグラはぐるんと白目を剝《む》くと、巨体を地面に沈ませた。

地響きのような音が鳴り響いた後、動かなくなった。

第十四話

モグラの残党がいないかどうかを確認し、一匹残らず討伐したことを確認してから、俺たちはユバラの村へと戻った。

正面の門を抜けたところで村長が出迎えてくれた。

モグラの魔物連中の巣を壊滅させたことを告げた。ボスモグラも含めた全員を討伐したのでもう大丈夫だろうと。

「そうか。連中を無事に討伐してくれたのか。感謝の言葉もない。お主らのおかげでこの村もどうにかやっていけそうだ」

村長は俺の手を取ると何度も感謝の言葉を口にした。

これでこの村は温泉という大きな観光資源を取り戻したことになる。

「温泉だが、夜になる頃には毒素の浄化も終わって入れるようになるだろう。お主たちが一番風呂を貰《もら》ってくれ」

「ありがとうございます。ではお言葉に甘えて頂きます」

夜になるまではまだ時間がある。

すでに村長がこの村で一番豪華な宿の部屋を取ってくれていたので、そこに行ってから浴衣姿に着替えることにした。

涼しげな服装になると、俺たちは村を観光して回ることに。

お土産屋を物色したり、名産品を口にしたりしているうちに日が落ちた。夜空には鏡のような月が浮かんでいる。

俺たちは村長に案内されて村の奥にある温泉へと移動する。

温泉の手前には脱衣所となる木造の建物があった。

右手に折れると男性用。左手に折れると女性用だ。

俺たちはそれぞれ声を掛け合ってから左右に分かれた。

メリルはパパといっしょに入るとごねていたが、いいから私たちと来る、とアンナに首根っこを摑《つか》まれて引きずられていった。

俺はそれを苦笑して眺めた後、脱衣所へと踏み入った。

浴衣を脱いでカゴの中に畳んで入れる。

引き戸を開けて外へ出ると、目の前には温泉が広がっていた。

立ち並んだ木々の間に岩に囲まれるようにしてそれはあった。

もうもうとした湯気が立ちこめている。

かけ湯をしてから湯の中に足を踏み入れる。

肩まで浸《つ》かる。足先から肩口まで温《ぬく》もりが染み渡っていった。

思わず、ふう、と息を漏らしてしまう。

全身にこびりついていた重い錆《さ》びが落ちていくかのようだ。

この広い露天風呂を貸し切りにできるなんて最高だな。

心ゆくまで満喫していると、扉の開け放たれる音がした。

他のお客さんか？

いやでも、村長は今日は俺たちの貸切だと……。

「うわー。広ーい！」

「ホント。こんな素敵なところを貸切なんて贅沢《ぜいたく》ね」

「温泉に入るのなんて、いつ以来でしょうか」

ん？　何だか聞き覚えのある声が……。

湯気の向こうを見やると、そこには三人の娘たちがいた。

エルザとアンナは身体《からだ》にタオルを巻いているが、メリルは素っ裸だった。

というか、彼女たちがいったいどうして俺と同じ湯に？

娘たちが入ってきた扉の方を見やる。そこには女性脱衣所の文字。なるほど。この温泉は脱衣所こそ別だが、中は混浴だったらしい。

俺が間違えたわけじゃないことが分かってホッとする。

だが、年頃の娘と同じ風呂に入るというのはどうなんだ？　それに向こうからしても俺がいない方がゆっくり羽を伸ばせるだろう。

よし。ここは一旦、湯船から上がって後で入り直すとするか……。

幸い、この温泉は湯気が濃い。見つからずに脱衣所へ引き返すことは可能だ。

俺が娘たちに見つからずに脱衣所へと戻るステルスミッションを遂行しようと、動き出そうとした時だった。

「あ。パパだー♪」

メリルが俺の方を指さして声を上げた。

ドクン、と心臓が跳ねた。

エルザとアンナの視線が一斉にこっちを向いた。

「え？　どこ？」

「湯気が濃くて見えませんが……」

まだだ。二人は俺の姿を捉えることができていない。というか、メリルはなぜ湯気の中の俺を見つけることができたんだ？

「ウインドブロー！」

おい！　こんなところで風魔法を使うなよ！

一陣の風が吹き、俺の姿を覆い隠していた湯気が引っぺがされた。

全てが洗いざらい明らかになった世界で俺たちは対峙《たいじ》する。

「…………」

「…………」

エルザとアンナはしばしフリーズした後に、

「な、なぜ父上がここに!?」

「ちょっとパパ！　女湯よ!?」

「い、いや、どうやらこの温泉は混浴だったみたいなんだ！　ほら、君たちが入ってきた扉の反対側に男性脱衣所があるだろう？」

俺は慌てて男性脱衣所の扉を指さす。

「だから俺は女湯に忍び込んだわけじゃない！　信じてくれ！」

娘の裸を見ようと忍び込んだ変態父親と思われるわけにはいかない！　それで娘たちに嫌われようものなら立ち直れない。

すると。

「ふうん。そうだったの。入り口に書いておいてくれれば良かったのに」

「そうですよね。父上が自ら女湯に入ってくるはずがありません」

アンナもエルザも納得してくれたようだ。

良かった……。

父親の面目を守り抜くことができた。

「それでパパは何で湯から出ようとしてたの？」

「君たちが温泉から上がった後に、入り直そうと思ったんだ。俺がいたら君たちも中々羽を伸ばしにくいんじゃないかと思って」

「何言ってるのよ。水くさい。いっしょに入ればいいじゃない。ねえ？」とアンナは他の二人の娘たちに同意を求める。

「ええ。私も父上と入浴することに異論はありません」

おいおい。いいのかそれで。

「ボクは元々、パパといっしょに入りたいと思ってたから。ラッキー♪」とメリルは子犬のように俺に抱きついてきた。

「その前にまず、メリルは身体にタオルを巻いてくれ！」

「？　どーして？」

「年頃の娘が人前でみだりに肌を見せるものじゃない」

「ふふ。パパのその物言い、おじさんみたいね」とアンナにからかわれる。みたいも何も俺は立派におじさんの年齢なんだが。

「ボクが裸を見せるのはパパの前だけだから大丈夫♪」

大丈夫じゃない！

むしろそれは一番、大丈夫じゃないからな？

「……とにかく、俺は身体を洗ってくるから。皆はゆっくり湯に浸かるといい」

俺は湯から上がると、洗い場へと向かった。

設置された椅子に腰を下ろす。

そして背後を振り返ると胡乱《うろん》げに尋ねた。

「——どうして君たちも付いてきてるんだ？」

「せっかくの家族団らんだし、パパの背中でも流してあげようかなって」

アンナが微笑《ほほえ》みながらそう言った。

傍《そば》にいたエルザとメリルも頷《うなず》いていた。

「おいおい。勘弁してくれ。ギルドマスターに騎士団長、賢者様に背中を流して貰うのはさすがに気が引けるよ」

「王都での肩書きは脱衣所に置いてきたから。今の私たちは父親と娘よ。そう考えると何もおかしくないでしょう？」

「たまには私たちにも親孝行をさせてください」

「パパもボクたちに甘えてくれていいんだよー」

娘たちは退《ひ》くつもりはないようだった。

……せっかくの厚意を無碍《むげ》にするというのも申し訳ない。

「分かった。なら、お願いしようかな」

苦笑を浮かべた俺は、結局背中を流して貰うことにした。

椅子に座った俺の背中をエルザが石けんを泡立てた布で洗ってくれる。娘たちが代わりばんこに洗ってくれた。

「しかし、あんなに小さかった娘たちが今やこんなに立派に育つとはな。つくづく、時の流れの速さには驚かされる」

風呂場という衣服を纏《まと》わぬ環境で、無防備だからだろうか。

しみじみと呟《つぶや》いてしまった。

「今ふと、成長した子供が親の背中を洗っている時、大きかった背中が今は小さくなったと思う一場面を思い出したよ」

「何言ってるんだか。まだまだ現役バリバリのくせに」

とアンナが呆《あき》れたように言った。

「そうですよ。父上の背中は私が小さかったあの頃から今もずっと大きなままです。何も変わってはいませんよ」

「それにしても、冒険者なのに背中に全く傷がないなんてね。驚きよ」

「父上の勇敢さが表れているようで、私はとても好きです。父上の背中。私もいつか同じ境地に辿《たど》り着きたいものです」

「ねーパパ。次はボクの身体を洗ってー♪　もちろん手洗いでだよー」

「メリル。さっきあなた、パパにもっと甘えて欲しいって言ってたでしょう。自分がパパに甘えていてどうするの？」

「ボクとパパはお互いに甘えて、甘えられる関係なんだよ」

とメリルはほっぺたに指を宛《あて》がいながらはにかむ。

「人はそれを夫婦と言います。むふふ」

「言わない。あなたとパパは娘と父親でしょう」

「今はね。今は」

「メリル。それはどういうことですか!?　父上とメリルは将来、父親と娘以上の関係になるつもりなのですか？」

「ん？　そうだけど？」

「ダメですよ！　家族間でそのようなことは許されません！」

「大丈夫だよー。ボクとパパは家族だけど、血は繋《つな》がってないんだしー。子供を作るのも全然アリだから♪」

メリルはそこで何か思いついたように指を立てた。

「あ。そうだ。ボクたち皆でパパと子供を作ればいいんじゃない？　そうすれば家族も増えてもっと楽しくなるし」

「えええええ!?　ち、父上と私たちの間に子供を!?」

メリルの提案に、エルザは顔を真っ赤にして動揺していた。

「もう何をバカなことを言ってるんだか」とアンナが肩を竦《すく》めた。「メリルはともかく私とエルザに子育てする暇なんてないわ」

そういう問題じゃないと思うが。

「だったら、アンナとエルザの子供をボクが育てればいいじゃん。時間がある人が子育てすればいいんだよ」

「確かにそれは理屈が通ってるわね。共同体で子育てをする。だとすると、私とエルザが交互に育休を取るというのもアリね」

「おいおい！　そこじゃないだろう！」

まず俺と結婚するというところに異議を申し立ててくれ！

思わず苦笑してしまう。

娘たちはこの十数年で立派に成長したが、重度のファザコンだというところだけは全く変わっていないようだった。

第十五話

温泉に入って一日ゆっくりと宿で身体《からだ》を休めた後、王都へと戻ってきた。

今回の任務で心身ともに憑《つ》きものが落ちたかのようにリフレッシュできた。

今日からはまた慌ただしい仕事の日々の始まりだ。

早速、魔法学園で講師の仕事をすることになっていた。

いつものように担当の教科の授業を行い、生徒たちからの質問に答え、対抗心を燃やす同僚のノーマンをあしらっている内に一日の業務が終わる。

——今日も一日、よく働いたな。

職員室で帰り支度をしている時だった。

「カイゼルさん。お疲れさまです。その……今、よろしいですか？」

同僚のイレーネが声を掛けてきた。

クールで知的なメガネ美人。

だが、今は何だかやけにガチガチに緊張しているように見えた。

「ええ。構いませんよ。何です？」

と俺は話の先を促した。

「以前、教育についてカイゼルさんと話してみたいと言ったのを覚えていますか？」と口にした声は少々上ずっていた。

「覚えていますよ。それが何か？」

「でしたら、その……」

　言葉を詰まらせたイレーネは、自身を落ち着かせるためにメガネのアーチをくいっと指で押し上げようとした。

　この仕草は彼女のルーティーンである。

　しかし、緊張からか指先が震え、メガネのアーチが小刻みに揺れていた。

　すーはーすーはー、と深呼吸をした後、イレーネは言った。

「よ、よければ、今夜、いっしょにお食事でもいかがですか!?」

　テンパっているからか、セリフの内容の適量を超えた声が出ていた。

　職員室にいた講師たちが何事かと一斉にこちらを見てきた。

　望まぬ視線の雨に晒《さら》されて、俯《うつむ》いたイレーネは真っ赤になっていた。耳から火が出るんじゃないかと思ってしまうほどに。

「食事ですか」と俺は呟いた。

「もちろん、ムリにとは言いません！　カイゼルさんもお忙しいでしょうし！　私なんかと食事に行くほど暇じゃないでしょうし——」

「良いですよ。行きましょうか」

「ですよね！　やっぱり私なんかと食事を共にするなんて——って、え？」とイレーネはきょとんとした表情を浮かべた。

ずれたメガネのフレームを押さえながら、恐る恐るというふうに尋ねてくる。

「カイゼルさん。今、何と仰《おつしや》いました？」

「俺で良かったら、付き合いますよ」

「えええええええ!?」

イレーネは腰を抜かしそうになるくらい驚いていた。

「？　どうしたんですか？　もしかして社交辞令だったとか……」

「いえいえ！　まさか承知いただけると思っていなかったのでビックリして！　カイゼルさんと二人きりで食事……！」

イレーネは赤らめた頬を押さえると、ぶつぶつと呟いた。

「男女の仲を縮めるには食事が一番と聞いたことがありますし。これはもしかして、もしかするのではないですか……!?」

「イレーネさん？」

「何でもありませんよ!?　何でも！　私たちは教師同士、互いの教育論を交わすために席を設けたのですから！　ええ！」

あたふたとしながら弁解するように捲《まく》し立てるイレーネ。その姿を見ると、他に何らかの企《たくら》みがあるのではと疑ってしまう。

まあ、どちらにしてもたまにはこういうのも良いだろう。

俺たちは魔法学園の近くにある大衆酒場へやってきた。

店内は混み合っている。奥の席へ通された。

「イレーネさん。飲み物は何にしますか？」

「そ、そうですね。カイゼルさんと同じものを」

「店員さん。エールを二つ貰《もら》えますか」と女性店員さんに声を掛けた後、メニューの中のいくつかの料理を合わせて注文した。

「んー。じゃあボクはオレンジジュースにしようかな」

「分かった。オレンジジュースだな」

俺は店員さんに追加でオレンジジュースを頼んだ。

「メリルさんは未成年ですからね」

「メリルはここに来ると、いつもこれを頼むんですよ」

「頭を使うと糖分が欲しくなるからねー」

運ばれてきた二杯のエールを俺たちが、オレンジジュースをメリルが手に持つと、彼女が音頭を取った後に乾杯した。

ジョッキを傾けると、キンキンに冷えたエールを一息に飲み干す。

一日の仕事を終えた後の酒は最高だ。

ふう、と思わず至福の息を漏らしてしまう。

心地の良い酔いが回ってきた頃、俺とイレーネは同時に尋ねていた。

「いや、ここにどうしてメリルが!?」

「なぜメリルさんがいらっしゃるのですか!?」

あまりに自然にいるものだから反応が遅れてしまった。

テーブルに突いた両手の頬杖《ほおづえ》の上に小さな顎を乗せたメリルは、浮かした両足をぷらんぷらんと揺らしながら、愉《たの》しげな笑みを浮かべていた。

「パパがイレーネ先生といっしょにご飯を食べに行くっていうから。ボクちゃんもパパについていこうかなーって」

魔法学園で講義が終わった後、いっしょに家まで帰ろうと駆け寄ってきたメリルに、俺は「今日は用があるから」と断った。

あの後、俺のことを尾行してきていたのか……。

「あのな。俺とイレーネさんは今から教師同士、腹を割った話をするんだ。生徒のメリルがいたら色々とやりづらいだろ?」

「いいもーん。その時はボク、耳を塞いでるから」

「随分と頑《かたく》なだな。そんなに酒場の飯を食べたいのか?……まあ、最近は忙しくて外食をするのは久しぶりだからなあ」

こうと言い出したら聞かないところがメリルにはある。

俺は首筋をぽりぽりと掻《か》くと、イレーネに向かって言った。

「すみません。このままメリルを一人で家に帰すというのも何ですし。ここにいっしょにいさせてやっても良いですか？」

「え、ええ。どうぞどうぞ」

イレーネは繕ったような笑みを浮かべた後、

「うぅ……。せっかくカイゼルさんと二人きりだと思ったのに……」

と残念そうにぼそぼそと呟《つぶや》いていた。

かと思うと――。

「――いやでも、これは却《かえ》ってチャンスなのでは？　ここでメリルさんの信頼を勝ち取ることができれば娘公認の関係に……」

「イレーネ先生にパパは渡さないもんねー」

二人は何やら視線を交わしていた。

二人の間には俺の知らない確執でもあるのだろうか？

思考を巡らせていた時、周囲の客のざわつく声が聞こえてきた。

「おい。あの客、凄《すげ》えな。何杯目だ？」

「もう十杯は超えてるだろ。店の酒を全部飲み干す勢いだ」

「しかも更に追加で三杯注文したぞ！」

滅茶苦茶《めちゃくちゃ》な量、酒を飲んでいる客がいるようだった。

そういう手合いは大抵、厄介な者が多い。全員とは言わないが。

できれば関わり合いにはなりたくないものだ——とちらり横目で様子を窺《うかが》うと、客たちの視線の先にいたのは知り合いだった。

猛禽類《もうきんるい》のように厳《いか》つい顔で酒を呷《あお》っていた彼女と目が合う。空になったジョッキを手にしながらこちらに向かってきた。

赤らんだ顔のまま、俺を見下ろしながら彼女——レジーナは言った。

「カイゼル。お前がここにいたとはな」

第十六話

「カイゼル？……いや、別人じゃないか？」

すっかり酔った様子のレジーナを前に俺は視線を逸《そ》らした。

関わってはいけない気がした。

「しらばっくれるな！　私がお前のことを見間違えるわけがないだろうが！　無関係を装おうとしてもそうはいかんぞ！」

ドン！　と空のジョッキの底をテーブルに叩《たた》きつけながら叫ばれる。

周りの客たちがどうしたどうしたと注目の眼差《まなざ》しを向けてくる。

ああ……。こうなるのが分かってたから無関係を装おうとしたのに。

「おい。お前はカイゼルなんだろ？　んん？」

「ああ。そうだよ。カイゼルだよ。だから胸ぐらから手を離してくれ」

そろそろ息が苦しくなってきた。

酒場で殺人沙汰を起こすつもりか？

「……ふん。最初から素直に認めていればいいものを。私の目を欺けると思うなよ。お前のことを何年見てきたと思っている」

レジーナはそう吐き捨てると、俺たちが囲むテーブルの空いている席に座った。すらりと伸びた脚を大仰に組む。

いやいや。さらりとこっちの席に移ってきているけれども。

俺たちも悪質な酔っ払いの一味だと思われてしまうだろうが。

この酒場にはよく来るのに、出禁になったらどうする。

「おい。店員。エールを追加だ」

「レジーナ。店員。お前、ちょっと飲みすぎじゃないか？」

俺が矢継ぎ早に酒を頼もうとするレジーナに苦言を呈すると、

「私の剣以外の唯一の楽しみに文句を言われる筋合いはない」

とあっさり突き返された。

「唯一の楽しみって」と俺は言った。「何か趣味とかはないのか？」

「お前は私が裁縫や料理をすると思うのか？」

「いや、すまない。愚問だった」

昔からレジーナは尋常じゃないほど不器用だった。

裁縫をすれば針を壊し、料理をすれば調理器具を怪力で破壊した。

剣以外の嗜好《しこう》がまるでなかったレジーナ。今は剣の他に酒ということらしい。なまじ金は持っているだけに始末に負えない。

「酒は良い。酒を飲んでいる時だけは、退屈が紛れる」

「剣はどうなんだ？」

「……何がだ」

「昔のお前は言っていただろう。剣を握っている時だけ、生きている感じがすると。今もその気持ちはあるんだろう」

「どうだかな」

レジーナはつまらなそうな顔で酒を呷った。

「私が生を感じることができるのは、死を隣に感じる時だけだ。並び立つ者がいない環境では生の実感は得られない」

要するに適切な相手がいなくなったということだろう。

強くなりすぎた彼女と、対等に戦える者はそう多くない。人間でも、魔物でも。大抵の者は彼女の足元にも及ばない。

「以前、お前と打ち合った時くらいだ。久々に心が躍ったのは」

レジーナは虚空を見つめながら独りごちるように呟いた。その声と胸中を掻き消すようにまた手元の酒をぐいと呷った。

その様子を眺めていたイレーネがおずおずと尋ねてきた。

「あの。お二人はどういったご関係なのでしょうか……？」

しまった。すっかり彼女を置き去りにしていた。

傍《はた》から見ていたら悪質な酔っ払いがくだを巻いているようにしか見えない。

「彼女――レジーナは俺の昔からの知り合いなんだよ」

俺はレジーナのことをイレーネにそう説明する。

「パパとレジーナさんはボクが生まれる前からの付き合いなんだってー」とメリルが補足するようにそう言った。

「メリルさんの生まれる前からのお知り合い……」

イレーネはそこで何らかの考えに思い至ったようだ。目を大きく見開いた。

「──はっ！　も、もしかして、レジーナさんは以前、カイゼルさんとお付き合いをされていた女性なのでは!?」

「──ぶっ！」

イレーネの導き出した推論に、レジーナは口に含んでいた酒を噴き出した。その飛沫《ひまつ》は目の前に座っていた俺に降りかかった。

またか……。

「おいお前！　なぜそういう結論になる!?」

レジーナが顔を酔いとは別の赤みに染めながら言った。

「お二人の間にはただならぬ親密さを感じました。あれは一度、親密な仲になった男女にしか出せない類の親愛です」

イレーネはそこまで話すと、更に妄想を加速させた。

「もしや、メリルさんたちの母親というのはあなたなのでは!?　ということはあなたはカイゼルさんの元妻!?」

「そうだったの？」

とメリルがきょとんとした。

「じゃあ、レジーナさんをママって呼んだ方がいい？」

「誰が元妻かッ！　人を勝手に経産婦に認定するな！　私はママでもなければ、こいつを腹に宿した覚えも産んだ覚えもない！」

レジーナは捲《まく》し立てるように全てを否定した。

「私とカイゼルは単なる昔の仲間だ！　それ以上でもそれ以下でもない！　勝手な憶測をするのは止《や》めて貰《もら》おうか」

「なんだ。そうだったのですか……」

イレーネはホッとしたように胸を撫《な》で下ろしていた。

「私はてっきりお二人は男女の仲にあるのかと……。レジーナさんの口から否定の言葉を聞くことができて安心しました」

「ボクも安心したー。この人がママかと思ったもん」

「人のことを勝手に人妻だのママだのにするな」

とレジーナは咎《とが》めるような険のある声で言った。

ジョッキを傾けて中のエールを飲み干すと、彼女は胡乱《うろん》な目を俺に向けてきた。

「……それで？　カイゼル。お前はなぜこの女といっしょにいる？」

眼差しには責めるような色合いが浮かんでいる。

「今、俺は魔法学園の講師をしていてな。イレーネさんは同僚なんだ。お互いの教育論を交わすために飲みに来たんだよ」

「――講師か。お前も随分、偉くなったものだ」

ぽつりと呟いたレジーナの言葉は、皮肉めいていた。

「けど、珍しいじゃないか。レジーナが他人に興味を持つなんて。どこかイレーネさんに気になるところでもあったのか？」

「むふふー。ボクには分かるよ」

とメリルがニヤニヤしながら言った。

「レジーナさんはパパに彼女がいるか気になったんだよね？」

「なっ――!?」

レジーナはメリルの指摘に瞳孔を開いた。

「な、何を言い出すかと思えば……。適当なことを言うんじゃない！」

「えー。図星だったくせにー」

メリルはレジーナの恫喝《どうかつ》を受けても、ニマニマと余裕めいた笑みを崩さない。肝っ玉の太さは三姉妹の中でも随一である。

「私はただ、かつての仲間が腑《ふ》抜《ぬ》けた生活を送っていないか気になっただけだ。私の顔に泥を塗るような真似《まね》は許さん」

腕組みしながらそう吐き捨てたレジーナを前に俺は苦笑した。

「……おい。何がおかしい？」

「いや、君はそういう奴《やつ》だったなと思って。普段は無愛想な感じを醸し出してるが、意外と面倒見がいいんだ」

「……ふん。勝手に知った気になるな」

ふいと顔を背けたレジーナの耳はほんのりと赤らんでいた。それが酔っているからではないことは俺にでも分かった。

第十七話

翌日。

魔法学園の教室にて講義をしている時だった。

生徒たちの質問に答えていると、慌ただしく教室に入ってくる者が。

……ん？　遅刻者か？　いやでも、今日はメリルを含めて全員出席してるしな。とすると学園長とかだろうか。

結論からすると、俺の推理はどれも違っていた。

「カイゼルさん！　いますか!?」

切迫した様子で声を荒げたのは冒険者ギルドの受付嬢のモニカだった。

「モニカ？　君がなぜここに……」

今は勤務時間中のはずだ。

本来、ここに来るはずのない来訪者の登場に生徒たちも驚いていた。

「大変大変！　大変なんですよぉ！」

モニカは両手をバタバタと動かしてそう訴えかけてくる。

「まずは落ち着いてくれ。いったい何があったんだ？」

「とにかく冒険者ギルドまで来てください！　アンナさんが待ってます！」とモニカは俺

の手を取ると引っ張っていこうとする。

アンナがわざわざ仕事中の俺を呼び出すとは。結構な大事のようだ。

俺は傍《そば》にいたノーマンに向かって視線を走らせると、声を掛けた。

「ノーマン！　すまない。後の授業のことは頼んだ」

「む。仕方ないな。だが、お前が席を空けている間、私が素晴らしい授業を披露してお前の存在を食ってしまっても知らんぞ？」

「ああ。後で生徒の話を聞くのを楽しみにしてるよ」

俺はそう応えると、モニカに手を引かれて冒険者ギルドへ向かった。

途中、走り疲れてバテたモニカに飲み物を奢《おご》らされたり、おんぶをさせられたりと紆余《うよ》曲折《きょくせつ》ありつつも冒険者ギルドに辿《たど》り着いた。

扉を開けて中に入ると、奥にいたアンナがこちらに駆け寄ってきた。

「パパ！　やっと来てくれた！……でも、随分遅かったわね。モニカちゃんがギルドを出たのはもっと前だったけど」

アンナは怪訝《けげん》そうな表情をモニカに向ける。

「もしかして学園内で迷ってたの？」

「え？　えーっと。何というか、その。そんな感じです。あははー」と目を泳がせながら引きつった笑みを浮かべるモニカ。

アンナは知らない。

モニカがここに来るまでの間、サボりにサボりを重ねていたことを。

途中、暑いし疲れたからとスイーツ店に入っては、ジュースとパフェを頬張ってご満悦な表情を浮かべていたことを。

「いや、実はな……」

「ちょっとカイゼルさん!? 何を赤裸々に話そうとしてるんです!? 大事なのは過去じゃなくて今ですよ!?」

必死に口止めを試みようとするモニカ。

言ってることは正しいけど、その言葉を使うタイミングは今じゃない気はする。

まあいいや。別にモニカのサボりを暴き立てたいわけじゃない。どんな反応をするのか見てみたかっただけだ。

モニカの反応に満足した俺は、本筋に戻ることにした。

「アンナ。俺をここに呼んだ理由は? 君が俺にモニカを遣わせたってことは、それなりのことが起きたんだろう?」

「ええ。それがね、実はマズいことになったの」

「マズいこと?」

「このままだと王都が壊滅するかもしれない」

「えっ?」

思いも寄らぬ言葉に俺は反射的に声を出していた。

「魔物の大群が王都を目指して攻めてきているみたいなの。サイクロプスの大群と言えば事態のマズさが伝わるでしょう？」

サイクロプス――Aランク級の一つ目の巨人だ。

その怪力から繰り出される一撃は全てが致命傷となり得る。

一匹でも討伐が大変なのに、それが群れを成して攻めてくる。

「だが、サイクロプスは主に辺境地帯に生息しているはずだ。それも個体ごとに。群れを成すなんて聞いたことがない」

「彼らは突如としてどこからともなく現れたようなの。ただ、彼らが王都を目指して進軍しているのは紛れもない事実よ」

アンナは真剣な表情を浮かべていた。

「本来、王都に攻め入る魔物たちの迎撃は騎士団が請け負うのだけど。相手が相手だから冒険者ギルドにも招集が掛かってね。緊急のAランク任務として、取り急ぎ受注資格のある冒険者たちの頭数を揃《そろ》えることになったの」

「なるほど。それで俺にお声が掛かったというわけか」

と得心した。

一応、俺はAランク冒険者としての資格を有している。

今は一人でも人手が欲しいというのが本音だろう。

「だが、Aランク冒険者となると数が限られてくるだろう。その上、今すぐ稼働できる者となると中々集まらないんじゃないか？」

「ええ。その通りよ。今、Ａランクのパーティが遠征に出ていてね。取り急ぎＢランクの冒険者を集めてるところ」

とアンナは言った。

「結局、Ａランクで招集できたのはパパともう一人だけ」

「もう一人？　そいつはもしかして――」

「私だ」

俺の問いかけに応えるように、背後から声が響いた。

予想通りというべきか。

振り返ると、そこには仏頂面のレジーナの姿があった。

「やっぱりか。だが、君が素直に招集に応じるとはな。街が危機に陥っても、自分の興味がなければ戦おうとしなかったのに」

冒険者にはそういうタイプが多い。

故に冒険者ギルド側は招集するために四苦八苦している。

「年月が経《た》って大人になったのか？」

「つまらんことを言うな。私は今でも自分の意志に反するような戦いはしない。今回招集に応じたのはお前がいたからだ」

「俺が？」

「娘であるギルドマスターが招集を掛ければ、お前は応じると思ったからな。久々に共闘できると思うと悪くない」

なるほど。そういうことか。

「だが、良いのか？　俺がお前の背を預かるに足る戦いをするとは限らないぞ？」

と確認した。

「ふん。以前、お前と打ち合った時に、剣が鈍っていないのは確認済みだ」

「はは。そりゃどうも。期待を裏切らないよう頑張るよ」

「そのへらへらとした笑みは気に入らないがな」

とレジーナは舌打ちをした。

「昔のお前はそんな表情をする奴じゃなかった」

「もう十八年も経ってるんだ。人は変わるさ」

俺はレジーナの言葉をそう受け流すと、アンナの方に向き直った。

「アンナ。奴らはどの方角から向かってきてる？」

「ギルドの偵察員からの報告だと、南の平原から正門に向かってるそうよ。あと二、三時間もしないうちに攻めてくる」

「よし。分かった」

俺は頷《うなず》くと、勢いづけるためにも声を張った。

「さて。行くとするか。魔物連中を王都の中に入れるわけにはいかないからな。その前に迎え撃ってやらないと」

「パパ！　大丈夫だとは思うけれど、気を付けてね」

「ああ。任せておけ」

俺は頷くと、レジーナと共に正門へと向かうことにした。

第十八話

しばらくして、Bランク冒険者の連中と合流した。

いずれも荒くれ者という様相を呈していた。

「ちっ。ギルドマスターには借りがあるから招集に応じてやったけどよ。報酬もしょぼいしとっとと終わらせようぜ」

「つーか。王都を防衛するのは騎士団の連中の業務だろうが。高い給料貰《もら》ってるくせに俺たちまで借り出すんじゃねえよ」

不平不満が続出していた。

悪態や舌打ちのオンパレード。空間全体がぎすぎすと淀《よど》んでいくかのよう。それを断ち切ったのはレジーナの一言だった。

「おい。お前たち、帰っていいぞ」

「「え？」」

「足手まといのクズは何匹いても役に立たないからな。今すぐ消えろ」

「…………」

Bランク冒険者たちは呆気《あっけ》に取られたようにフリーズしていた。

「ん？　聞こえなかったのか？　私の前から消えろと言っているんだ。ギルドマスターには話を通しておいてやる」

「て、てめえ……！　随分と調子に乗ったことを言ってくれるじゃねえか……！　まずはお前から仕留めてもいいんだぜ？」

「ほう。面白い。やってみるか？」

「待て待て！　仲間内で喧嘩《けんか》してどうする！」

俺は慌てて仲裁に入った。

「すまないな。こいつは口が悪くて。いつもこうなんだよ。ここは一つ、俺が代わりに謝るから許してくれないか」

このままだと間違いなく喧嘩になる。

そうなれば、レジーナは相手を完膚なきまでに叩《たた》きのめすことだろう。手加減ができるような器用な奴《やつ》じゃない。下手をすれば死人が出るかも。

戦いを前に無用な怪我人《けがにん》を生むわけにはいかない。

だから、俺はレジーナの代わりに連中に頭を下げた。向こうもペコペコと頭を下げる俺の態度を見て興を削《そ》がれたのだろう。

「――二度と生意気な口利くんじゃねえぞ」

舌打ちをして悪態をつくと、矛を収めてくれた。

「どうやら、収まったみたいだな」

俺は胸を撫《な》で下ろした。

良かった。危うく向こうを再起不能にさせてしまうところだった。

冒険者ギルドの貴重な人材を潰してしまえば、アンナに申し訳が立たない。ただでさえ人手不足で困っているようなのに。

「レジーナ。勘弁してくれよ」

「なぜだ？　私はただ、事実を述べただけだ」

「だとしても、もうちょっとオブラートに包むだとかなあ」

そう苦言を呈しながらも、こういう奴だもんなあ、と苦笑する。

むしろ昔と変わらないことに少しだけ安心したりもする。

その時だった。道の向こう側から騎士団の鎧姿《よろい》が見えた。

「父上！　レジーナさん！　来てくださったのですね！」

エルザが嬉《うれ》しそうな表情を浮かべて駆け寄ってきた。

「ああ。アンナに招集されてな」

「カイゼル殿がいるのならこんなに心強いことはない！」

「どれだけの魔物が攻めてこようと恐れる必要はないな！」

騎士たちは俺の登場に士気が上がっているようだった。

「あいつ、随分と騎士団の連中に慕われているみたいだな……」

「というか、騎士団長に父上って呼ばれてなかったか？」

冒険者連中は俺たちが話す様子を見てざわついていた。

彼らが俺のことを知らないのもムリはない。

普段、冒険者ギルドに入り浸っているわけじゃないし、やってきた時もすぐアンナから頼まれた依頼を受けてさっさと出ていってしまうから。

エルザたち騎士団と俺たち冒険者は共に王都の正門前にやってくる。

偵察に出ていた者が、あと一時間もしない内に敵勢が攻めてくると告げる。

「それでは各自の配置を決めましょうか」

エルザはそう言うと、真剣な面持ちでその場にいた全員を見渡す。

「接近戦が得意な方は私の率いる部隊と共に前線で敵と戦い、後衛職の方は砲撃部隊にて援護をお願いできればと」

「その必要はない」

と言葉を挟んだのはレジーナだ。

「前線に出るのは私とこいつの二人で充分だ。余計な手出しは必要ない。お前たちはただ後ろで見ていればいい」

「「ええ!?」」

先ほどの冒険者連中と同じく、騎士団の連中も戸惑っていた。

まあ、そりゃそうだろうな。

案の定、騎士の一人が異議を申し立てる声を上げた。

「いやいや！　敵はかなりの数がいるんですよ!?　しかもその一匹一匹が討伐難度Aラン

クのサイクロプスなんです！　いくらカイゼル殿がいるとはいえ、たった二人で立ち向かおうなんてのは余りにも無茶です！」

「騎士団としてレジーナさんの要求を呑《の》むわけにはいきません」

　と言ったのは騎士団長であるエルザだ。

「王都の防衛を任されているのは私たち騎士団です。その危険な役割を冒険者のお二人に一任するわけにはいきません」

　騎士団としてもプライドがあるということだろう。

「腕の立たない連中が、面子《メンツ》が立たないとは滑稽だな」

「「ああ!?」」

　バカ！

　レジーナの奴、また余計なことを……！

「こいつ、口が悪いんだよ。根は悪い奴じゃない。どうか大目に見てやってくれ」と俺は慌てて騎士団の面々にフォローを入れた。

「まあ。カイゼル殿がそう仰《おつしや》るのであれば……」

「我々はカイゼル殿にお世話になっていますからね」

　ほっ……。

　矛を収められたようだ。

　普段から徳を積んでおいて良かった。

「エルザもここは一つ、俺たちに任せてみてくれないか。最前線で戦う分には突破されても王都に損害はないだろうし」

俺は娘相手に懇願する。「な？　頼むよ」

「……分かりました。他ならぬ父上のお願いですから。ただし、劣勢だと判断した際にはすぐに援護に入ります」

「ああ。それでいい。助かるよ」

どうにかこちらの要望を通すことができた。

しかし……。

レジーナと行動していると、俺はフォローばかりしているような気がする。副業として交渉人を目指せるのではないだろうか。

第十九話

それを目の当たりにした時、大地が迫ってきているのかと思った。

平原からやってくるサイクロプスの群れの迫力は尋常じゃなかった。

「あんなのまるで天災じゃないか……！」

騎士団の一人がそう呟《つぶや》いた。

地震。落雷。津波。

人の力ではどうすることもできない存在。

確かにあの巨人の軍勢を見るとそう思うのも無理はない。

「カイゼル殿！　さすがに奴らをたった二人で相手取るのは無謀ですよ！」と親交のある騎士の一人が進言してきた。

「まあ。やれるところまでやってみるさ」

「カイゼル。行くぞ」

先に歩いていったレジーナの後を追う。

俺たちの背中越しに冒険者連中の嘲笑が飛んできた。

「バカな奴らだ。犬死にするのがオチだ」

「すぐに自分の力を過信していたことに気づくだろうぜ」

マズい。レジーナの耳に届いたらまた争いが勃発するんじゃないか？　恐る恐る彼女の表情を窺《うかが》ってみた俺は驚いた。

レジーナは口元を緩めて笑っていた。愉《たの》しそうに。

「カイゼル。お前と共に戦うのは久々だ。胸が躍る」

ああ、そうか――。

彼女の意識には、もう外野の声など聞こえていない。

今のレジーナが見据えているのは――目の前の戦いのみ。俺と共にサイクロプスの大群に立ち向かうことしか考えていない。

見晴らしのいい平原の最前線に立つ。何の策も弄してはいない。

「昔から思っていたが、お前は少々無謀すぎる」

と俺はレジーナに苦言を呈する。

すると、レジーナは鼻先で嗤《わら》った。

「この程度、無謀でも何でもない。かつて、私たちがリッチの率いるアンデッドの大群と対峙《たいじ》した時に比べればな」

あれは十八年前のことだ。

俺たちがパーティを組んでいた頃、闇落ちしてアンデッドになった魔法使いのリッチを討伐する任務に赴いたことがあった。

そのリッチは心臓を自分の身体《からだ》とは別の場所に安置しており、何度倒しても死なないという厄介極まりない存在だった。

しかも、奴は多数のアンデッド軍を従えていた。

仲間たちを心臓を安置している場所へ向かわせるため、俺とレジーナはアンデッド軍を引き付けることになった。

その頃の俺たちは犬猿の仲だった。

俺はレジーナのことをいけ好かない奴だと思っていたし、レジーナもまた俺のことを鼻持ちならない奴だと思っていた。

アンデッド軍の誘導を引き受けたのも、前衛が二人だけしかいないからで、むしろ白分一人の方が良いくらいだと思っていた。

相手は五百近い軍勢。こちらはたった二人。

普通に考えれば劣勢極まりない。

実際、俺とレジーナは死を覚悟していた。

しかし、結果的には俺たちはアンデッド軍を壊滅させることができた。

その上、リッチは心臓を破壊する前に自ら消滅した。俺たちの戦いぶりを見て、これは勝てないと悟ったからだった。

犬猿の仲だった俺たちはしかし、驚くほどに息が合った。

相手の考えていることが手に取るように分かる。次の手が伝わってくる。まるで俺たちは一つの身体のように動くことができた。

仲間たちも俺たちのコンビネーションの良さに驚いていた。

それ以来、俺たちは表面上では衝突することがあっても、互いの剣の腕前にだけは絶対の信頼を置くようになった。

二人で背中を合わせて戦えば、どんな相手であろうと負けるはずがない――お互いに心からそう信じることができた。


「そういえば、そんなこともあったな」

俺は昔を思い返すように呟いた。

すると。

「カイゼル」

レジーナが俺に問いかけてくる。

「お前は私たちが負けるところが想像つくのか？」

その不敵な表情は、自信に満ち溢《あふ》れている。

過信でもない。傲慢でもない。

ただ、事実だけを口にしているというふうに。

そして――。

それは俺も同じだった。

「……いや。想像できないな」

「ふん。そうだろう」

俺たちは互いに薄く笑みを交わし合った。

十八年前――。

パーティを組んでいた頃のような野心に満ちた面持ちで。

どちらともなく、同時に動き出す。

サイクロプスたちが、奴《やつ》らにとっては砂粒のような大きさの俺たちに気づいた。その時にはすでに群れの中に飛び込んでいた。

奴らが臨戦態勢に入るよりも、俺が剣を振るう方が早かった。

一匹のサイクロプスが断末魔の叫びを上げて血飛沫《ちしぶき》と共に倒れた。仰向《あおむ》けになったその巨体を踏み台にして俺は跳躍する。

鮮やかに宙を走る剣先。

それはサイクロプスの弱点である一つ目を捉えた。

『グオオオオオ……！』

眼球を押さえて悲鳴を上げるサイクロプスを、そのまま切り捨てる。

矢継ぎ早に別の個体が、巨大なこん棒を振り下ろしてきた。

俺は横に飛んで避ける。

こん棒と地面の衝突によって地響きが起こった。

「レジーナ！」

「分かっている！」

俺が注意を引き付けている間に、レジーナが大剣を振るい風の弾丸を飛ばす。サイクロプスの一つ目を捉え、奴は視界を奪われて隙だらけになる。その隙を見逃さずに巨体を駆けのぼると、頭部を貫いた。

一つの無駄もない立ち回り。

俺がこう動いて欲しいと思った位置に、レジーナがいてくれる。逆に彼女の頭の中が俺には手に取るように分かる。

十八年のブランクなんてものはまるでなかったかのように。

気づいた時には、周囲をサイクロプスの群れが囲んでいた。

巨大な壁に包囲されたかのような威圧感。

俺たちは輪の中心で背中合わせになる。

「こりゃマズいな。囲まれてしまった」と俺は言った。

明らかな窮地だ。選択を一つでも誤れば致命傷は免れない。にも拘《かか》わらず、俺の胸の内に危機感はまるでなかった。

負ける気がしない。どんな奴が来たって俺たちなら大丈夫だ。

そんな全能感と、ただ溢《あふ》れかえるような喜びだけがあった。

ああ、そうだ。思い出した。

冒険者時代には毎日のように感じていて、けれど、今は久しく感じていなかった。死闘の中に身を置くことの高揚感。

　血湧き肉躍るという感覚。

　それは向こうも同じだったのだろう。

「私たちにとってはこれくらいの劣勢がちょうどいい」

　そう呟いた声には、喜色が滲《にじ》んでいた。

「レジーナ。しくじるなよ」

「誰に向かって言っている？」

　背を向けていても、レジーナがどんな表情を浮かべているか分かった。獲物を前にして好戦的な笑みを浮かべている。

　かつて鬼姫と呼ばれていた時のそれだ。


「な、何だあいつら。化け物じゃねえか……！」

　戦闘を目の当たりにし、Bランク冒険者の一人がそう呟いた。

　化け物。

　そう呟いた彼の畏怖の眼差《まなざ》しはサイクロプスの群れではなく——カイゼルとレジーナの二人に向けられていた。

　二人。そう、たった二人だけなのだ。

巨大な体軀《たいく》を持つサイクロプスにとってすれば、米粒のような存在。にも拘わらず連中は二人に完全に圧倒されていた。

「完全にサイクロプスの群れを押してる……！」

「カイゼル殿はもちろんだが、あの女の冒険者もその動きに付いていってるぞ！　正直何が起きてるのか分からない……！」

騎士たちもまた恐れおののいたような表情を浮かべている。

そして――。

誰よりも近くでカイゼルの強さを見てきたエルザもまた、冒険者たちや騎士たちと同じような眼差しを向けていた。

……あれが、父上なのですか？　本当に？

エルザにとっては優しく、頼りがいのある父親であるカイゼル。だが、彼女の目に映るのはそれとはかけ離れた姿だった。

荒々しく、獰猛《どうもう》な牙を振りかざす獣。

その姿はレジーナと同じ――いや、それ以上の戦闘狂だ。

……凄《すご》い。凄すぎる……！

エルザもこれまで剣の道を邁進《まいしん》し、自分なりに強くなったつもりだった。

実際、史上最年少でのSランク冒険者にもなれた。

騎士団長にもなれた。

王都の者には彼女が最強だと謳《うた》う者も少なくない。

だが、目の前で戦っているカイゼルはものが違う。

とてもじゃないが、敵《かな》わない。

思わずぞっとしてしまうほどに。

その力の差は歴然だった。

それに何よりもエルザを困惑させたことがあった。

レジーナと共に戦っているカイゼルの姿は、とても愉しそうだった。全身から戦うことの悦《よろこ》びが迸《ほとばし》っているかのよう。

――私と共闘している時には、父上のあんな表情は見たことがありません。

安心して背中を任せることができる相手。

そして互いに高め合うことができる相手。

レジーナはカイゼルにとってそんな存在であり、エルザはそうではない。そんな現実を突き付けられているかのようだった。


結局、騎士団や冒険者たちが出る幕は最後までなかった。

平原のど真ん中に並び立つ、返り血塗《まみ》れの二人――カイゼルとレジーナの周りには討伐されたサイクロプスたちの骸《むくろ》が横たわっていた。

不敵に笑みを交わし合う二人の姿が、エルザにはとても眩《まぶ》しく見えた。

第二十話

「パパ。エルザ。レジーナさん。お疲れさま。それじゃ、乾杯！」とアンナがなみなみとエールの注がれたジョッキを掲げて言った。

俺、エルザ、メリル、レジーナはそれぞれに杯を合わせる。

緊急の任務を終えた後、俺たちは酒場に打ち上げに来ていた。

「良かったわ。サイクロプスの群れを撃退できて。彼らがいったいどこから現れたのかは謎のままだけど」

ジョッキに一度口を付けた後にアンナがそう言った。

Aランク級の魔物の出所が不明というのは確かに不気味だ。根源を叩《たた》かなければ、今後も同じことが起こらないとは限らない。

「それにしても、パパとレジーナさんがいてくれてホント助かったわ」

とアンナが言った。

「冒険者たちが言ってたわよ。二人の強さは異次元だったたって」

「レジーナと共闘したのは久々だったからな。気合いが入ってたんだよ。かつての仲間に劣化したと思われたくないしな」

「……ふん」

とレジーナは鼻を鳴らした。

少し嬉《うれ》しそうに見えたのは気のせいだろうか？

「でも、レジーナさんが打ち上げに参加してくれるとは思わなかったわ。絶対に断られると思いながら誘ったのに」

「社交辞令だったわけか？」

「ううん。意外だっただけよ」

「こう見えてこいつは、打ち上げとか結構好きなんだよ。パーティを組んでいた時もほぼ必ず出席してたしな」

俺は昔を思い返しながらそう口にした。

何だかんだ、パーティの中で一番打ち上げに乗り気だったのは彼女だった。

「……タダ酒が飲めるからな」

酒豪のようなセリフを吐くレジーナ。

だが、俺は知っている。

当時から剣以外に興味がないレジーナは、金は余るほどあるはずだ。タダ酒をせずとも飲むだけなら一人で飲める。

こう見えて、意外と寂しがりな一面があるのだ。きっと。

「ねー。パパ。ボクにあーんして、あーん」

メリルが俺に身を寄せると、そう言って甘えてくる。

「仕方ないな。ほら」

開いたメリルの口に、ミートパイの欠片《かけら》を運んでやる。

メリルは「パパに食べさせて貰《もら》うと三倍おいしいー♪」とご満悦の表情。それを見た俺以外の面々は呆《あき》れた目を向けてきた。

「皆、どうしたんだ？」

「パパは本当に甘いわねって思っただけ」

「親バカとはこのことだ」

アンナとレジーナが口々にそう言ってきた。

「うぅ……。あんなに躊躇《ちゅうちょ》なく甘えられるメリルが羨ましいです……」とエルザはなぜかメリルに羨望の眼差し。

「ねえ。レジーナさんは今後も王都に滞在するつもりなんでしょう？」

「そのつもりだ」

「良かった。レジーナさんが稼働してくれれば、ギルドとしても大分助かるわ。高ランクの冒険者は常に人手不足だから」

両手を合わせてニコニコと微笑《ほほえ》むアンナ。

「任務は掃いて捨てるほどあるから♪　たくさん働いてね」

「誰もまだ請けるとは言ってないが？」

「まあまあ。そう言わずに。他にすることもないんでしょう？」

「おい。カイゼルの娘。私を暇人扱いするのは止《や》めろ」

「私の名前はカイゼルの娘じゃないわ。アンナよ」とアンナは自分の胸に手を置き、自己紹介をしてから言った。

「じゃあ、逆に聞くけど。任務以外の時間は何をしてるの？」

「それは……剣の鍛錬だが？」

「他には？」

「……こうして酒を飲んだり」

「それ以外は？」

「……特にないな」

顎に手をあててしばらく考えた後、レジーナはぽつりとそう呟《つぶや》いた。捻《ひね》り出そうとしても出てこなかったらしい。

「まさか、エルザよりも彩りのない生活を送ってる人がいたなんて……」

とアンナは驚きの表情を浮かべると、レジーナの肩にぽんと手を置いた。慈しむような眼差しと共に言った。

「レジーナさん。私で良かったら相談に乗るわ」

「おいカイゼル。ムカつくからこいつをぶっ飛ばしてもいいか」

そう問われても、許可を出すわけがない。

まあ、レジーナの方もまさか本気で言っているわけじゃないだろうが。

……いや、彼女ならそうとも限らないか。

「とにかく、それなら任務を請けるのに支障はないでしょう？　討伐任務なら、剣の鍛錬も兼ねてるんだし」

「……分かった」

そう提案したアンナに、レジーナは言った。

「任務は請けてやってもいい。ただ条件がある」

「できる限りのことは聞くわ。何かしら？」

レジーナは俺を親指で指しながら言った。

「私が討伐任務に赴く際は、こいつも同行させろ」

「レジーナさん。あなたはこれまでずっと一人で任務に赴いていたんでしょう？　なのになぜ急にパパを？」

「一人では心許《こころもと》ないから、とでも言うと思ったか？」

レジーナはバカにするように鼻を鳴らした。

「勘違いするな。討伐任務であれば私一人でも充分だ。こいつを同行させようとしているのはもっと別の理由だ」

「別の理由……ですか？」とエルザが言った。

「エルザ。ボクには分かったよ」

メリルが得心したように言った。

「ずばり、レジーナさんはパパのことが好きだから、任務にかこつけて二人きりになってイチャイチャしようとしてるんでしょー！」

「そうだ。私はカイゼルと二人で——って違う！　適当なことを言うんじゃない！　私がそんな不埒《ふらち》なことを考えるか！」

レジーナは一瞬頷《うなず》きかけて、顔を真っ赤にして反論した。

おお。見事なノリツッコミだ。こういうこともできたのか。かつての仲間の意外な才能を垣間見《かいまみ》たような心地になった。

レジーナは仕切り直すように咳払《せきばら》いをすると言った。

「私がカイゼルの同行を求めているのは、刺激が欲しいからだ。こいつとなら、退屈な敵との戦闘も多少は興が乗るからな」

「それって結局、パパのことが好きだからじゃないの？」

「違うと言ってるだろうが！　相手を認めていることと恋慕をごちゃ交ぜにするな！　恋愛脳の人間はこれだから嫌いなんだ」

レジーナは忌々しげにそう吐き捨てた。

「そうだったのか」

と俺は嬉しくて笑みを浮かべてしまう。

「レジーナは一応、俺のことを認めていてくれたんだな」

「……っ!?」

レジーナは面食らった表情になると、顔を逸《そ》らした。

「……認めてもいない相手に背中を託すほど、私はお人好《ひとよ》しじゃない。何年も組んでいたのにそんなことも分からないのか。バカめ」

短い舌打ちと共に呟かれた言葉に、俺は苦笑を浮かべた。

相変わらず素直じゃない奴《やつ》だ。

俺たちのやり取りを眺めていたアンナが口を開いた。

「レジーナさんの要求は分かったわ。だけど、パパも多忙だし。ただでさえ三つも四つも仕事を掛け持ちしてるから……。毎回同行するのはムリよ？」

「良いだろう。毎回とは言わん」

騎士団の教官に魔法学園の講師、姫様の家庭教師。

冒険者ギルドにおける引き受け手のない任務の処理。

それに加えてレジーナが請けた討伐任務の同行となれば、一人の人間が抱えきれる仕事量としてはキャパオーバーも良いところだ。

……改めて考えると、働きすぎだろ。俺。

「それ以前にパパの意志を尊重しないと。どうかしら？」

「俺は別に構わないよ」

「もう。また無茶をするんだから。いつも頼んでる私が言うのもなんだけど、何でもホイホイ引き受けちゃダメよ？」

アンナが呆れたように苦笑した。

「たまにはちゃんと断らないと」

「はは。そうだな。だけど、今回の件については取りあえずで請けたわけじゃない。俺がそうしたいと思ったから引き受けたんだ」

普通であればこれ以上は請けない。

けれど、今回の件は別だ。

レジーナと共に戦った時のことを思い出す。

あんなふうに全身の血が昂《たか》ぶったのは本当に久々だった。

誰にも負ける気がしないという全能感。

甘美な余韻が今も頭の中から抜けきらない。

あれをもう一度味わいたくて、この話を受けたのかもしれない。

「まあ、パパがそう言うのなら、私は止めたりしないけれど……。ムリはしないで。パパの身体《からだ》は自分一人だけのものじゃないんだから」

「ああ。分かってるよ」

と俺はアンナに微笑みかけた。

こうしてレジーナの受けた討伐任務に時々同行することに決まった。

ただでさえ忙しいが、今日からはこれまで以上に忙しくなりそうだ。

「でも、意外だったよねー」

「メリル。何がだ？」

「レジーナさん。初めて会った時は怖い人だと思ってたけど。話してみたら意外とノリも良いし可愛《かわい》いところあるよねーって」

メリルはそう言うと、

「まあでも、パパは渡さないけどね？」

牽制《けんせい》するようにレジーナに告げた。

「……別に貰おうとした覚えもないが」

「でも確かに、私も最初、冒険者ギルドに来たレジーナさんに剣を向けられた時は、とんでもない人だと思ったもの」

「私もいきなり道端で襲いかかってこられた時には驚きました」

アンナとエルザも口々にそう言った。

「はは。メリルもレジーナに一度、学園まで襲撃を掛けられてるし。皆からの第一印象が悪いのはムリもないよな」

俺は苦笑を浮かべる。

あの時は学園中が騒ぎになって大変だった。

「――ああ、そうだ。その件について話そうと思ってたんだ」

俺はレジーナの方を見据えた。

「君は俺の娘たちに剣を向けただろう。エルザにも、アンナにも、メリルにも。一度彼女たちにちゃんと謝っておけよ？」

これから王都で暮らすことになるんだ。

娘たちは根に持ったりするような性格ではないが。しこりを残さないためにも、一度筋を通しておいた方がいい。

だから俺はやんわりとそう提言したのだが――。

「……ちょっと待て、カイゼル。お前はいったい何を言っているんだ？」

レジーナからは怪訝《けげん》そうな目つきが返ってきた。

「何って、そのままの意味だよ。一度、筋を通しておいた方が……」

「いや、その部分ではない」

レジーナは俺の声を掻《か》き消すように言った。

「私は確かにそこの銀髪の娘とギルドマスターの娘には接触した。銀髪の娘には史上最年少のSランクにふさわしいかどうかを試すために。そしてギルドマスターの娘にはカイゼルの居場所を吐かせるために。だが、魔法使いの娘に関しては知らんぞ。私はこいつに接触を図った覚えなどない」

――えっ？

レジーナが落とした言葉は、その場の音を全て吸い込んだ。静寂が落ちる。あるいは俺が動揺でそう感じているだけか。

「待ってくれ。確かにあの時、学園に侵入してきた者がメリルを……」

学園長が学園の敷地に張っていた守護結界を突破し、侵入してきたそいつは、ノーマンを返り討ちにしてメリルのいる研究室に向かった。

「それでメリルは侵入者を撃退したが、幻影魔法を使っていたこともあって、正体が何者なのかは分からずじまいだった」

だがその後、エルザとアンナに剣を向けたのがレジーナだったと判明したことで、学園の件も彼女の仕業だと思い込んでいた。

しかし――違っていた。

レジーナはメリルには接触を図っていないと言う。

嘘《うそ》をついているとは思えない。

レジーナは難儀で取っつきにくい性格をしているが、こういった場面で嘘をつくような真似《まね》はしない奴だと知っていることもある。

だが、それ以前に――。

レジーナは魔法を全く使うことができない。

どうしてすぐに思い至らなかったんだ。

すっかり失念していた。

だから、幻影魔法を使って姿を隠していた件《くだん》の侵入者とは別人ということになる。彼女が誰かと結託していたとも思えない。

つまり。

この王都にはまだ、その侵入者が潜んでいる可能性がある。

第二十一話

「アンナ。お疲れさま」

すっかり日が落ち、暗闇の中に街の光が蛍火のように灯《とも》り始めた頃。

冒険者ギルドに足を踏み入れた俺は、アンナの姿を見つけると声を掛けた。ちょうど家に帰る支度を終えたところのようだ。

「パパ。律儀に迎えに来てくれたの？」

「ああ。夜道に一人は危ないからな。例の件もあるし」

「もう。心配性なんだから」

アンナは困ったような、でもどことなく嬉《うれ》しそうな表情を浮かべた。

ギルドの室内に他の人は見当たらない。アンナは最後まで残っていたようだ。責任者というのも大変なんだなと思った。

「それじゃあ、帰るとするか」

「ええ。行きましょ」

ギルド内の灯《あか》りを落とすと、扉を開けて外に出た。

アンナが扉の施錠をしているのを眺めながら思う。

昼間、あんなに冒険者たちで賑《にぎ》わっていた冒険者ギルドだが、夜になって物言わぬ姿になった建物は何だか抜け殻のように虚《むな》しい。

月明かりの下、家に向かって歩き出す。

――この王都にはメリルを襲った何者かが潜んでいるかもしれない。

そいつの狙いがメリルなのか魔法学園自体にあるのかは分からない。

いずれにせよ、他の娘たちが襲われないとも限らない。

だから俺はアンナを始めとした娘たちを送り迎えすることにしていた。

通りからは昼間の活気は消え失《う》せ、閑散としていた。靴裏が石畳を踏む音が響く。すれ違う人々に最大限の注意を払う。

「ねえ、パパ。他の人たちに今の私たちはどう映ってるのかしら」しなやかな足取りで俺の隣を歩きながら、アンナがそう尋ねてきた。

「どうって……普通に親子として見えてるんじゃないか?」

「恋人同士というふうには見えない?」

「いや、それはさすがにないだろう」

「どうして?」

「俺とアンナは年齢が離れすぎだ」

何しろ十八歳差だ。

「パパは自分が思ってるより、ずっと若々しく見えるわよ。それに最近だと、年が離れた恋人というのも珍しくないし」

アンナはそう言ったかと思うと、

「ふふっ。そうだ。私、良いことを思いついちゃった」

イタズラっぽい表情を浮かべながら指を立てた。

——良いこと？

俺が首を傾《かし》げていたその時だった。

ギュッ、と。

左腕に柔らかくて温かいものが触れる感覚があった。

見ると。

アンナが俺の左腕に自分の両腕を絡めて身を寄せていた。

「どう？　こうすれば恋人らしく見えるんじゃない？」

「おいおい。今日は随分と甘えてくるな」

「普段、仕事の時はずっと気が張ってるから。せっかくパパと二人きりなんだもの。たまには思い切り甘えてもいいじゃない」

「抱きつかれてると、襲われた時に戦いにくくなるんだが……」

「大丈夫よ。パパは強いから。左腕をこうして封じられていても、利き腕さえ使えれば誰にも負けたりしないでしょう？」

「やれやれ。参ったな……」

俺は別に無敵ってわけじゃないんだぞ？

普段は誰よりも冷静に状況判断ができるアンナだが、こと俺の強さに関しては絶対的なまでの信頼を置いてくれている。

父親が負けるところなど想像がつかないというように。

一見すると大人びているアンナだが、こういうところはまだまだ子供だ。俺だって誰にでも勝てるというわけじゃない。

……まあ、負けた記憶というと思い出せないが。

「仕事の方はどうなんだ？　やっぱり毎日大変か？」

「ええ。隙あらばサボろうとする同僚と、こっちの要望を無視して自分勝手にものを言う冒険者の相手をしてると気が滅入《めい》るわ」

アンナはそう言うと、苦笑を浮かべた。

「でもまあ、パパよりは忙しくないけどね」

「そうか？」

「そうよ。最近、ちょっと洒落《しゃれ》にならない働き方をしているでしょう？」

アンナは呆《あき》れたように言った。

「今日だって、午前中は騎士団の教官の仕事、お昼は姫様の家庭教師、それからレジーナさんとAランク任務に赴いてたでしょう。しかも本来、数日は掛かるはずの任務を半日でサクッと達成しちゃったし。いくら何でも働きすぎよ？」

元々、多くの仕事を掛け持ちしていたところに、最近はレジーナの討伐任務に同行することも増えたからスケジュールは超過密だった。

「平気だよ。忙しくはあるが、ムリはしていない」

それは強がりではなく、本心だった。

心身が消耗しているという感覚はない。

求められるのならその想《おも》いに応えたい。

「言っとくが、強がってるわけじゃないぞ？」

「見ていれば分かるわ。最近のパパ、何だか楽しそうだもの」

「そうか？」

「ええ。レジーナさんと討伐任務に赴いてる時のパパは、まるで子供みたいに生き生きとした顔をしているから」

アンナはくすっと笑った。

「もしかして、気づいてなかったの？」

戸惑った表情を浮かべていたのだろう。アンナが驚いたように言った。

気づいていなかった。

けれど、彼女が言っているのならそうなのだろう。

実際、レジーナと任務に出るのは楽しかった。彼女と共に戦っていると、冒険者として必死だったあの頃を思い出すから。

その時だった。

「……アンナ。俺の傍《そば》を離れるな」

「えっ？」

「近くに誰かが潜んでいる気配を感じる」

しばらく歩いているうちに路地に足を踏み入れていた。

辺りに人はいない。

にも拘《かか》わらず、どこからか視線を感じた。

「パパ。もしかして……」

「ああ。その可能性は否めない」

……活動を停止した街中。人目につかない、死角となった薄暗い路地。襲いかかるには
これ以上ないくらいのタイミングだ。

俺の腕に抱きついたアンナの腕の力が強くなる。

不安なのだろう。ムリもない。

「大丈夫だ。俺がついてる」

「……う、うん」

そう言って聞かせると、アンナの表情から怯《おび》えの色が薄れた。

俺は警戒を強め、周囲に神経を張り巡らせる。

どこからでも掛かってこい。

どんな相手だろうとアンナに指一本触れさせはしない。

薄暗い視界を凝視していた時だ。

ごそり、と。

路地の隅にあったゴミ箱の裏で動く影があった。

「――そこか！」

瞬間、腰に差していた剣を抜くと振り払った。

一閃《いっせん》――。

ゴミ箱が真っ二つに割れ、裏に隠れていた人影が露《あら》わになった。

「ひいいいい!?」

悲鳴を上げて尻もちをついたその影に、俺は剣先を突きつけた。

「観念しろ。抵抗してもムダだ」

一歩でも妙な動きをしようものなら、問答無用で斬り伏せる。

そう神経を昂《たか》ぶらせていた俺だったが――。

「カイゼルさん！　私！　私ですよぉ！」

耳に届いた声は、聞き馴《な》染《じ》みのあるものだった。

「……え？　モニカちゃん？」

俺の傍にいたアンナが戸惑ったようにそう呟《つぶや》いた。

厚い雲に覆い隠されていた月が顔を覗《のぞ》かせ、路地に光が降り注ぐ。

青白い月光によって炙《あぶ》り出された、尻もちをついて両手を挙げる人影――それはギルドの受付嬢であるモニカだった。

「もう！　ビックリしたんですからー！　カイゼルさん、もうちょっとで私を斬るつもりだったでしょう!?」

「いやー。すまんすまん」

ぷんすかと怒りを露わにするモニカに、俺は平謝りしていた。

結局、路地に潜んでいたのはモニカだった。

「けど、なんでこんなところに隠れてたんだ？」

「歩いてたら二人を見かけて、アンナさんがデレデレになってカイゼルさんに甘えてるのが面白くてこっそり後をつけてたんですー」

なるほど。そういうことだったのか。

「アンナさん、職場だと私にビシバシ厳しい表情で指導してくるのに、あんな女子っぽい顔もできるんですねー」

モニカが「ぷーくすくす」と弄《いじ》るように笑う。

「も、モニカちゃん！」

アンナはそれを受けてタジタジになっていた。

「こうすれば恋人らしく見えるんじゃない？って言いながらカイゼルさんと腕を組んでるアンナさんの姿、可愛《かわい》かったなー。職場の皆にも見て欲しかったなー」

「……あなた、それを職場の皆に言いふらしたりしたら、残業漬けで家に帰れない生活を送らせてあげるからね？」

「や、やだなー。冗談ですよぉ」

さすがにこれ以上弄るのはマズいと思ったのだろう。

アンナの脅しを受けて、モニカは引きつった笑みを浮かべていた。

こういうところ、引き際の判断が大事である。

「でも、アンナさんを守ろうとするカイゼルさんの姿、格好良かったですよ。剣を突きつけられた時、ちょっとキュンとしちゃいました」

「そうよ。パパは頼りがいがあって格好いいんだから」

「二人とも、褒めても何も出ないぞ」

「もー。本音ですってばー」

ヘラヘラと笑うモニカを前に俺は苦笑を浮かべた。

全く、調子がいい子だ。

ともあれ、一人で帰すのも何だし家までは送っていってあげよう。

別に褒められて気分が良いからとかそういうことじゃない。……まあ、ちょっとくらいはそれもあるかもしれないが。

第二十二話

今日はレジーナと共に任務に出ることになっていた。

冒険者ギルドに赴くと、アンナから任務の説明を受ける。

「今回、パパたちに担当して貰《もら》うのは護衛任務よ。辺境にあるエルフの村に商品を運ぶ商隊を魔物たちから守ってあげて欲しいの」

「エルフの村か……。道のりはかなり危険だな」

「ええ。途中、ヌメリック湿原を通る必要があるから。あそこには、通り過ぎる人間たちを狙う多くの捕食者が生息しているわ」

「商売のためとは言え。商人も大変だな。俺たち冒険者を雇うとなると、それなりに費用も高くつくだろうに」

「だけどその分、見返りも多いわ。冒険者を雇ってもおつりがくるほどね。エルフたちは良い商売相手だから」

「連中が商品の対価として差し出す物品はどれも、価値の高いものだからな」とレジーナが補足するように呟いた。

「任務の内容自体は問題ない。だがなあ」

「何か問題でもあったかしら?」

「普通に馬車で行くとすれば、丸二日は掛かる道のりだろう？　状況が状況だし、君たちを置いて日を跨《また》ぐというのは……」

俺がいない間に娘たちの身に何か起こらないとも限らない。

「もう。心配性なんだから」

アンナは苦笑を浮かべた。

「それなら大丈夫よ。任務は最短、日帰りで行けるから」

「どういうことだ？」

「今回、護衛して貰う商隊の馬は風の魔道器を装備しているから。普通の馬とは比べものにならない速度で移動できるわ」

なるほど。

風魔法によって移動力を強化された馬というわけだ。

「日帰りで行けるのなら、問題ないか。分かった。じゃあ、任務に赴くとしよう。このまま指定の場所に行けばいいのか？」

「ええ。もう話は通してあるから」

「よし。レジーナ。行くとするか」

俺がレジーナと連れ立って冒険者ギルドを出ようとした時だ。

「あ。ちょっと待って」

アンナが俺たちを呼び止めてきた。

「ん？　何だ？」

「今回の任務なんだけど、連れていって欲しい子がいるの。もうちょっとしたら来るはずだから待っていてあげて」

「連れていってあげて欲しい子？」

俺が首を傾《かし》げていた時だった。

冒険者ギルドの扉が開け放たれた。

「父上！」

振り向くと、そこには駆け込んできたエルザの姿。

「もしかして……」

「はい。今回の任務、私も同行させてください」

連れていってあげて欲しい子というのはエルザだったのか。確かに彼女は今日、騎士団の業務は非番になっていたが。

「せっかくの休みなのに良いのか？」

「お二人の傍で勉強させていただきたいのです」

胸に手を置いてそう告げるエルザの顔は真剣だった。

「ふん。足手まといは必要ない」

エルザの要望を、しかしレジーナは冷たく切って捨てた。

「足手まといにはなりません！」

「お前は私にもカイゼルにも勝てないだろう」

「いずれは勝ってみせます。そのために同行するのです」

「お前の望みを叶《かな》えてやる筋合いは私にはない」

「うぐ……」

歯噛《はが》みするエルザを見かねて、アンナが割って入った。

「まあまあ。いいじゃない。連れていってあげたら。それにもう、エルザが同行すること
は先方に伝えちゃってるし」

「何だと？」とレジーナは目を剝《む》いた。「……お前。さては私が反対すると踏んで予《あらかじ》め手
を打っておいたな？」

「さあ。穿《うが》ちすぎじゃないかしら」

とぼけるアンナ。

強《したた》かな彼女のことだ。恐らくは確信犯だろう。

「ふん。だが、残念だったな。先方に伝えていようといまいと関係ない。私はこいつを連
れていくつもりはない」

だが、アンナの企《たくら》み以上にレジーナは強情だった。

エルザを同行させる気はないらしい。

「……なぜレジーナさんは頑《かたく》なに私の同行を拒むのですか？」

さすがにここまですげない対応をされると、エルザもむっときたらしい。睨《にら》むように

真っ向からレジーナを見据える。

「言っただろう。実力の足りない者を連れていっても仕方ない」

「それは本心ですか？」

「どういう意味だ？」

「……本当は父上と二人きりでなくなるのが厭《いや》だからではないですか？」

「ななな、何を言う!? たわけたことを抜かすんじゃない！ 私がこいつと二人きりになることを望んでいるなど！」

レジーナはエルザの指摘を受けて明らかに動揺していた。鉄仮面は崩れ、顔を真っ赤に熟れさせてあたふたしている。

「その反応、図星だとお見受けしました！」

「違う！ 撤回しろ！」

「であれば、私の同行を許可してください。さもなければ、レジーナさんはそういう動機だということになりますが？」

「……ちっ。このガキ……」

レジーナはぎぎぎと歯嚙みしながら、忌々しげにエルザを睨み付けていた。完全に形勢が逆転してしまっていた。

「今回はエルザの方が一枚上手だったみたいね」

アンナはくすりと笑った。

「レジーナさん。エルザの同行を許可してくれる？」

「大丈夫だ。レジーナ。エルザは君が思うより、ずっと強い子だ。足手まといになるようなことはないと保証する」

と俺もフォローを入れた。

四面楚歌《しめんそか》の状況であることを悟ったのだろう。

レジーナは短く舌打ちをすると、観念したように呟《つぶや》いた。

「……ちっ。勝手にすればいい」

第二十三話

「おおっ！　Aランク冒険者のお二人に、エルザ騎士団長まで来てくださるとは！　今回の旅は安泰ですね！」

依頼主のでっぷりと腹の出た商人の男はエルザの帯同を喜んでくれた。

ほくほくとした笑みを浮かべた人の良さそうな男だ。

彼の傍《そば》には何台かの馬車と他の商人の男が控えていた。馬車に繋《つな》がれた馬の蹄《ひづめ》のところには風魔法の込められた魔道器が。

商人の男はレジーナとエルザを見ると、怪訝《けげん》そうに首を傾げた。

「むむ？　どうしたのですかな？　お二人、顔を背け合って」

レジーナとエルザは互いに顔を背け合っていた。

先ほどの一件もあり、そりが合わないということらしい。

「いえ。何でもありませんよ。はは」

俺は取り繕った笑みを浮かべながら誤魔化そうとした。

まさか連携が何より大事な護衛同士が不仲だとは悟られるわけにはいかない。依頼主に余計な不安を与えてしまうことになる。

「では、参りましょうか。お三方は先頭の馬車の荷台にお乗りください。少々狭いところで恐縮ではございますが」

俺たちは馬車の荷台へと乗り込んだ。

板張りの床の上には大量の積み荷。

埃《ほこり》っぽさはなく、よく手入れが行き届いている。

上等な馬車なのだろう。

魔道器を付けた馬の常軌を逸した歩行速度をもってしても荷台はさほど揺れず、積み荷が崩れるようなこともなかった。

荷台の幌《ほろ》を手で梳《す》くようにして開ける。

外の景色が矢のような速度で背後に流れていった。

「ははあ。こりゃ確かにすぐに着きそうだ」

アンナの言っていた通りだ。

魔道器の効果というのは凄《すご》い。

「ほら、二人も外の景色を見てみろよ——って、ん？」

俺はエルザとレジーナにもこの風になったような感覚を味わって欲しい——と思い二人を手招きしようと振り返った時だった。

二人はバチバチに睨み合っていた。

「ふん。お前にいったい何が分かる？」

「少なくともレジーナさんよりは分かっているつもりですが？」

まさに一触即発。

お互い、剣を抜くんじゃないかと思うような剣呑《けんのん》な雰囲気。

「おいおい。何があったんだよ」

またレジーナがエルザを足手まといだとか言ったのか？

そう当たりを付けた俺だったが、返ってきた答えは違っていた。

「私の方がカイゼルのことを知っているに決まっているだろう！」

「いいえ！　私の方が父上のことを知っています！　間違いありません！」

——はい？

二人の言い争っている内容を耳にした俺はフリーズしてしまった。

え？　俺のこと？

「父上が私の同行をフォローしてくださったことに対して、レジーナさんがあいつには昔から甘いところがあると口にされたのです。それに対して私は、父上はそれだけの理由で危険な任務への同行を許してくれる方ではありませんと言い返しました。すると、彼女は奴《やつ》を知ったふうな口を利くなと仰《おっしゃ》いまして……」

「それでどちらが俺のことを理解しているか言い争いになったと？」

俺がそう尋ねると、エルザはこくりと頷《うなず》いた。

何だそりゃ……。

レジーナは鼻を鳴らすと、得意げな表情になった。

「言っておくが、私は冒険者になったこいつとずっとパーティを組んでいたんだ。もはや知らないことなどない」

「それを言うなら、私は生まれてからずっと父上といっしょだったのです。私の方がより深く父上のことを理解しています」

「だが、お前は冒険者だった頃の奴を知らないだろう？　奴の人生でもっとも凝縮された青春とも呼べる数年間を共に過ごしたのだ。私は」

「それで言うなら、レジーナさんは父親としての父上を知りませんよね？　父上の父性を知るのは私たち姉妹だけです」

「うぐっ……」

「ぐぬぬ……」

　レジーナとエルザはお互い悔しそうに歯噛みしていた。

「では、お前はカイゼルと死線を潜《くぐ》る経験をしたことはあるか？　私はあるぞ？　死線を潜るという経験こそが真の絆《きずな》を生み出すのだ」

「うっ……。ですが、私は父上と何度もお風呂を共にしたことがあります！　死線を潜るよりその方が親密度は上だと思いますが!?」

　エルザは胸に手を置いて主張した。

「しかも、背中を流したこともあります！」

「何だと……？　さすがの私も奴の背中を流した経験はない……！」

「しかも私は子供の頃、毎日のように父上からき、キスをしていただいていました。あなたは父上の口吻《こうふん》を知らないでしょう？」

「調子に乗るなよ？　小娘。私だってそれくらい知っている！」

「なっ――!?」

「カイゼルと接吻《せっぷん》したことくらい、当然あるに決まっている！――何しろ私たちは同じパーティだったのだからな！」

「父上がレジーナさんとき、キスをしたことがあったなんて……！　やはりお二人は蜜月の関係にあったのでは……？」

「待て待て！　エルザは勘違いしているぞ!?　キスと言っても、瀕死《ひんし》になったレジーナに人工呼吸を施す時にやむを得ずだ！」

パーティメンバーの乗った船が沈没した際、泳ぐことのできないレジーナが溺れ、その応急処置のために行ったものだ。

エルザの想像しているようなものとは違う。

「ほっ……。そうだったのですか」

「だが、それでもカイゼルの口づけを知っていることには変わりない。小娘。お前だけの専売特許ではないということだ」

腕組みしながらドヤ顔を浮かべているレジーナ。

「しかも子供の頃の接吻と、大人になってからの接吻では後者の方が上！　どうやら、私の方がお前より一枚上手のようだな」

「ううっ……!?」

　エルザは勝ち誇ったレジーナの前に狼狽《うろた》えていた。

　……なぜそんなに必死になって張り合ってるんだ？

　よほどエルザのことが気に食わないのだろうか。

「くっ……！　レジーナさんには負けていられません……！」と呟いたエルザの瞳には強い意志の光が籠もっていた。

　えーっと。剣の腕の話だよな？

　まさか俺のことをより深く理解してるかどうかって話か？

　幌の外を覗《のぞ》くと、すでにヌメリック湿原に突入していた。

　辺りの景色は開け、淀《よど》んだ色の沼と膝丈ほどの草木が生い茂っている。湿原全体を包み込むように薄い霧が掛かっていた。

　その時だった。

　それまで順調に進んでいた馬車が、動きを止めた。荷台が沈んだ。

「どうしたんですか？」

　俺は前方の幌を開けると、御者台に座っている商人の男に尋ねる。

「あっちゃー……。どうも荷台の車輪がぬかるみに取られたみたいでして。こりゃあ引き上げ作業をしないといけませんな」

「でしたら、我々もお手伝いしますよ」

「おお。それはありがたい！　お願いします！」

商人の男は両手を合わせて喜びを露《あら》わにした。

「しかし、おかしいですな。沼の近くには寄らないようにしていたのに……。まるで沼に引き寄せられたかのような」

怪訝そうに肉の余った顎を撫《な》でていた時だった。

「デブリさん！　大変です！　周囲から魔物の群れが！」

後方の馬車の御者台に乗った商人が叫び声を上げた。

「何だと？」と商人のリーダーの男——デブリが言った。

「「っ!?」」

一気にその場に緊張感が走った。

俺はすぐさま幌を開け放つと、外の様子を見やる。

馬車の周りにうっすらと掛かった白い霧の中——それを掻《か》き分けるようにして大量の数の魔物たちが姿を現していた。

馬車の車輪の嵌《は》まったぬかるみからも泥の手のような魔物が。

なるほどな。

こいつらに引きずり込まれたってわけか。

「うわあああ!?　囲まれてしまった!?」

「身動きも取れないのにこれはマズいぞ！」

突如として押し寄せた危機に、商人たちは慌てふためいていた。

「問題ありません。こういう時のための俺たちです」

「父上！」

「ああ」と俺はエルザの呼びかけに頷いた。「馬車の引き上げ作業の前に、まずは本業の護衛をこなすとするか」

第二十四話

馬車の周りを大量の魔物たちが取り囲んでいた。

毒を持ったカエルの魔物。

人間並みの知性と人間離れした怪力を持つサルの魔物。

巨大な泥の手の魔物。

人間の体内に侵入して脳を乗っ取るアメーバの魔物。

いずれも単体でも厄介な敵だ。

「ひいい！　やっぱり金目当てに危険な場所に来るんじゃなかった！」

「う、狼狽えるんじゃない！　我々には騎士団長たちがついているのだから！　お三方がいれば魔物など恐るるに足らずだ！」

「でもデブリさん、足震えてるじゃないですか！」

「ば、バカもの！　これは運動不足から来る手足の痺《しび》れだ！」

いや、それはそれで問題あると思うが……。

ともかく、商人たちと馬車を守り抜かなければならない。馬や馬車に危害を加えられると今後の移動に支障が出てしまう。

「レジーナ！　エルザ！　援護を頼む！」

「言われるまでもない」

「任せてください！」

俺たちは護衛をしながら魔物たちを迎え撃った。

サルの魔物が湿原に鎮座している岩を引き抜くと、こちらに投げつけてきた。

どうやら遠距離から陣形を崩そうという魂胆らしい。

それに加えてカエルの魔物たちが毒の泡を吐き出した。触れるものを溶かすほどの猛毒が俺たちの方に迫ってくる。

連携を取ってきたか。

中々、知恵が働くじゃないか。だが——。

「レジーナ！」

「分かっている！——はあっ！」

レジーナの振るった大剣から放たれる風の弾丸が岩と毒液を跳ね返した。

粉々に砕かれた岩の破片と毒液が、雨のように魔物たちの元へ降り注ぐ。自らの攻撃を受けて阿鼻《あび》叫喚《きょうかん》の様相を呈していた。

「しかし、別種族の魔物同士が連携してくるなんて……」とエルザが呟《つぶや》いた。

「ヌメリック湿原に生息している魔物は、全体で一つの生態なんだよ。徒党を組むことで確実に獲物を仕留める。厄介な連中だ」

「雑魚がいくら束になろうが、所詮は雑魚だ。問題ない」

レジーナの強気な物言いに思わず苦笑してしまう。

俺も黙って奴《やつ》らの思惑通りに捕食されてやる気は毛頭ない。

レジーナは乱れた魔物の陣形の中に切り込んでいった。人の背丈ほどもある大剣を軽々と振るうと、魔物を切り伏せる。

「カイゼル！」

目が合った瞬間。

俺は彼女がやろうとしていることを悟った。

すぐさま火魔法を放つ。

地面に巨大な火柱が起こった。

「はああっ！」

レジーナが大剣を振るい風圧を飛ばすと、俺の起こした火柱を吹き飛ばし、波のように魔物たちの間に燃え移らせた。

悲鳴が上がる。

一気に魔物の群れを駆逐することに成功する。

「レジーナさん！　後ろです！」

エルザが咄嗟《とっさ》に叫んだ。

見ると。

レジーナの背後から巨大な泥の手の魔物が迫ろうとしていた。

「――おっと！」

俺はレジーナに近づこうとするその魔物を叩《たた》き切った。

「何だ。反応できなかったのか？」

「バカを言うな。あの位置からだと、お前が援護することは分かっていた。何年パーティを組んできたと思っている？」

レジーナは不敵な笑みを浮かべながらそう口にする。

……これは信頼を裏切れないな。

「凄《すご》い！　あの二人、息ピッタリだ！」

「まるで」

商人たちは俺とレジーナの戦いぶりを見て歓声を上げていた。

それを耳にしたレジーナは満足そうににやりと笑った。勝ち誇ったようにエルザの方を見やると挑発するように言った。

「どうだ？　これが私とカイゼルの長年の付き合いがなせる連携だ。こいつと私の相性は他の誰よりも上だ」

「うむむ……！」

レジーナの煽《あお》りを受けて、エルザは悔しそうに下唇を嚙《か》んでいた。

「父上！　次は私が援護します！」

「あ、ああ」

気勢に押されて今度はエルザと背中を預け合って戦うことに。

迫り来る魔物たちを返り討ちにする。

エルザの剣筋、間合いの取り方、呼吸は幼い頃からずっと見てきている。故に次にどう動くかというのも理解できた。

「おお！　あの二人も凄いコンビネーションだ！」

「さすがは親子！　動きが瓜二《うりふた》つだ！　まるで鏡を見ているかのようだ！」

商人たちは再び歓声を上げていた。

それを聞いたエルザは誇らしげな表情を浮かべる。

「ふふん。どうですか。私と父上のコンビネーションは。父上から直接剣の指導を受けてきた私だからこその戦い方です」

「……ちっ」

レジーナはエルザの笑みを前に、舌打ちを漏らしていた。

「カイゼル！　次は私と組め！　こいつに見せつけてやる！」

「いいえ、父上！　ぜひ私と背中を預け合いましょう！」

エルザとレジーナが我こそはと俺にアピールしてくる。

それを受けた俺は苦笑しながら告げた。

「いや、残念だが二人の要望は聞けそうにない」

「「え？」」

エルザとレジーナは虚を突かれた後、

「なぜだ！」

「理由を説明してください！」

と食ってかかってきた。

俺は苦笑を浮かべると、魔物たちの方へ顎をしゃくる。

「戦うべき魔物たちはもう、全滅してしまったからな」

二人はきょとんとした表情で周囲を見回した。

辺りに広がるのは倒れた戦闘不能の魔物のみ。

完全に二人の間の勝負になっていたせいで気づかなかったのだろう。いつの間にか魔物は全て打ち倒してしまっていた。

これでは剣を振るおうにも振るえない。

「うおお！　さすが、騎士団長とAランク冒険者だ！　あんなにわらわらといた魔物を危なげなく倒してしまった！」

「護衛としてこんなに心強い人たちはいないな！」

商人たちは俺たちの戦いぶりを見て大盛り上がりしていた。

「「…………」」

しかし。

当のエルザとレジーナは釈然としない表情を浮かべていた。

第二十五話

一人の負傷者も出すことなく、馬車は無事にエルフの村へと到着した。

商人の男――デブリが俺たちに向かって言った。

「我々はエルフの方々に商品を売ってきますから。護衛の皆さんはその間、ゆっくり村を観光でもしていてください」

そう言い残すと、商人たちは歩いていった。

俺たちにとっては休息の時間でも、彼らにとってはこれからが本番だ。商談という戦場に向かう彼らの面持ちは真剣だった。

危険を冒して遥々《はるばる》やってきたんだ。上手《うま》くいってくれればいいが。

「さて。お言葉に甘えて村を見て回るとするか。二人はどうする？」

「私は遠慮しておきます。今日の日課がまだ残っていますから」

「日課って……また鍛錬か？」

「はい。もっと剣の腕を磨いて、更なる高みを目指さなければ」

「よくやるなあ。ムリはするなよ？……っていうのは違うな。強くなるのなら、多少の無茶はしないといけないからな」

他人と同じ量の鍛錬をしているだけでは、突き抜けることはできない。その辺りのことは俺もよく分かっていた。

エルザは頷《うなず》いた後、レジーナの方を見据えた。

「あの。レジーナさん。私とお手合わせ願えませんか」

「……何だと？」

「私と一対一で勝負をしてください」

「以前、決着はついただろう」

「ええ。ですが、あれから鍛錬を重ねて、私は以前よりも強くなったつもりです。今度は後れは取りません」

挑むようなエルザの眼差《まなざ》しを前にレジーナはすげない態度だ。

「ムダだ。お前は私に勝てない。何度やっても同じだ」

「やってみなければ分かりません」

「いいや。分かる。時間の無駄だ」

レジーナが固辞しようとした時だ。

「付き合ってやってくれないか」

と俺は口にした。

「レジーナほどの剣士と打ち合うことができれば、エルザにとって良い経験になる。ここは一つ胸を貸すと思ってさ」

「父上……」

鼻白んでいたレジーナは、やがて吐き捨てるように呟いた。

「ふん。心を折ることになっても責任は持てないぞ」

「その点に関しては心配無用だ。俺の娘はそんなにやわじゃない」と俺が言うとレジーナはつまらなそうに鼻を鳴らした。

「良いだろう。小娘。相手をしてやる」

「ありがとうございます」

「やるからにはこちらも全力で行く。覚悟しておくんだな」

「もちろんです」

「ここにいても邪魔だろうしな。しばらく、村を散歩してくるよ」

俺は踵《きびす》を返すと、二人の元を離れた。

大樹のふもとにあるエルフの村は賑《にぎ》わっていた。皆、よそからやってきた人間の俺にも愛想良くしてくれる寛容さがある。

おかげで色々と買ってしまった。気持ちよく買い物ができた。

ふらふらと各所を歩き回った後、俺はエルザたちの元へと戻った。

そろそろ決着がついたころだろうか。

エルザが地面に膝を突き、悔しげに唇を噛み締めているのが見えた。

案の定というべきか、レジーナに破れたようだった。

「……ふん」

レジーナは大剣を背中に収め、エルザから視線を外すとこちらに歩いてきた。その表情は涼しげだった。

「ちょうど終わったところだったみたいだな。ほら」

俺はレジーナに買ってきた水を手渡した。

「何だこれは」

「エルフの村で取れた特別な水だそうだ。栄養分が豊富で、美容にも良いらしい。エルザに付き合ってくれたお礼だ」

「ん」

レジーナは俺の手から水を受け取ると、ぐいと飲んだ。

「やっぱり君の目から見ると、エルザはまだまだか？」

「ああ。到底負ける気はしないな。だが……」

「だが？」

「以前、剣を交えた時より格段に身体《からだ》のキレが増していた。この短期間で目を見張るような飛躍を遂げたのは評価に値する」

「へえ。珍しいな。レジーナが他人を褒めるとは」

「私は別に他人を褒めないと決めたわけじゃない。評価に値する者がいないだけで。良いものは良いと口にする方だ」

レジーナはエルフの水を飲み干すと、歩き出した。

「どこに行くんだ？」

「私も村を見て回る。先ほど、店に気になるものを見かけたのでな。言っておくが、ついてくるんじゃないぞ」

いったい何を買うつもりなんだろうか。

まあ、詮索するつもりは毛頭ないが。

俺はレジーナを見送った後、エルザの元へと歩み寄った。

「エルザ。お疲れ。ほら、差し入れだ」

地面に跪《ひざまず》いたエルザに、エルフの水を手渡した。

「……父上。私はまたレジーナさんに力及びませんでした」

「そうだな」

と俺は言った。

「前も言ったが、あいつは世界でも有数の剣士だ。そんなに気にするな。それにあいつはエルザのことを褒めていたぞ？」

「レジーナさんがですか？」

「ああ。この短期間であんなに腕を上げてきたのは大したものだって」

「…………」

「どうしたんだ？　黙り込んで」

「いえ。悔しいなと思いまして」

「悔しい？」

「褒めるということは、対等だと見做《みな》されていないということです。対等に見ている相手なら脅威を抱くはずですから」

ああ――。

確かにエルザの言う通りかもしれないと思った。

戦った相手を褒めるのは、まだ余裕があるからだ。本当に危機を感じているなら、相手を褒める余裕などないはずだ。

俺が騎士団のナタリーと打ち合いをした時もそうだった。

エルザにとってすれば、褒められるのは不服だろう。

「にしても、最近は以前にも増して熱心に鍛錬しているな」

「私はどうしても、レジーナさんに勝ちたいのです」

「自分の剣の正しさを証明するためにか？」

「いえ。それもありますが……」

エルザは口ごもった後に、

「父上の隣に並び立つのは、レジーナさんではなく、私でありたいのです。……その座は他の誰にも渡したくありません」

俺の目を真《ま》っ直《す》ぐに見据えてそう告げてきた。

言い終わったあと、はっとしたように我に返ったエルザは顔を赤らめた。恥ずかしそうに俯《うつむ》きながらぽつりと呟《つぶや》いた。

「す、すみません……。厚かましいことを……」

「いや、エルザがそんなふうに思ってくれていたとは。嬉《うれ》しいよ」

俺はエルザに笑いかけると、彼女の頭を撫《な》でた。

「しかし、それなら俺も頑張らないといけないな。エルザと並び立った時、見劣りしないように鍛えておかないと」

娘の足手まといになるわけにはいかないからな。

「お互い、いっしょに頑張ろう」


馬車の前で商人たちと落ち合った時、彼らはほくほくとした顔をしていた。何でも商談がとても上手くいったらしい。

「いやあ。おかげさまで大変な利益を上げることができました。皆さんの護衛代を差し引いても充分お釣りが出ますよ。はっはっは」

「それは良かった。俺たちとしても嬉しいですよ」

ここまで来て損するだけに終わったら余りにも哀《かな》しすぎる。

俺たちは商談が上手くいってもいかなくても護衛任務の料金は貰《もら》えるが、依頼主が喜びを抱いてくれなかったら意味がない。

金のためじゃなく、そのために任務に赴いているのだから。

「では、帰りの旅路も護衛、よろしくお願いしますよ」

「任せておいてください」

　エルフの村を後にした馬車は、王都へ向かって走り出す。

　行きと比べて、帰りの行程は平穏そのものだった。予定していた通り、日が暮れる前に冒険者ギルドに帰ってくることができた。

　アンナが俺たちのことを出迎えてくれる。

「パパ。エルザ。レジーナさん。お疲れさま。今回の任務も上手くいったようね。商人の人たちもとても喜んでいたわ」

　商人たちは王都に帰ってきた際、追加で報酬を払うと言ってくれた。あなた方はその分の働きをしてくれたからと。

　けれど、俺たちはそれを辞退した。

　すでに充分、報酬は貰っていたから。

「それは何よりだ。じゃあ、俺たちはこれで」

　冒険者ギルドを後にしようとした時だった。

「――あ、そうだ。パパ。一つ良い報せ《しら》があるの」

「ん？」

　アンナに呼び止められた。

　良い報せ？

「最近、パパは凄《すご》い勢いで高ランクの任務をこなしているでしょう?」

「ああ。そうだな」

王都に来てからは立て続けに高ランク任務を達成していた。それにレジーナと組むようになってからは破竹の勢いだった。

「このまま行くと、もしかするとSランクに昇格できるかもしれないわ」

「えっ? 俺がSランクに?」

「まだ確定じゃないけどね」

「…………」

アンナから告げられた一報に、思わずフリーズしてしまった。

俺がSランク冒険者に?

村を出て冒険者になった頃から、ずっと追いかけ続けてきた夢。

一度は諦めてしまったそれが叶《かな》うかもしれない……?

「レジーナさんも昇格資格は満たしてるのに、ずっと固辞してきたでしょう?」とアンナがレジーナに向かって言った。

「この際だし、パパといっしょに昇格しちゃえば?」

「……そうだな」

レジーナはまんざらでもないという感じで呟いた。

その様子を見ていたアンナは、受付に頬杖《ほおづえ》を突きながら茶化すように言った。

「というか、もしかして、レジーナさんが昇格しないでいたのは、パパといっしょに昇格したかったからだったりして」

「…………」

レジーナはアンナの言葉を受けてバツが悪そうに目を逸《そ》らした。

「え？　もしかして図星だったの？」

「ふ、ふん！」

レジーナは肯定も否定もせず、鼻を鳴らすと誤魔化そうとしていた。顔を背けるが、耳があかあっと赤く熟れていた。

……そうか。俺がSランク冒険者か。

第二十六話

あれからしばらく経《た》った日の夜。

自宅のリビング。

夕食を食べ終えて家族団らんしている時だった。

「ねー。パパ。明日、ボクちゃんと遊びに行こーー？」

メリルがぐでんとテーブルの上に突っ伏しながら提案してきた。

「すまん。明日は任務なんだ」

「えー？　また任務？　昨日も今日も行ってたじゃーん！」

メリルが不満げに浮かした両足をバタバタと動かす。

「最近、パパがボクに全然構ってくれなーい！」

「そんなことはないだろう」

「一般的な家庭と比べると、全然構ってる方だと思うわよ」とアンナ。

「他の家庭はどーだっていいの！　基準は今までのボクだから！　ボクはパパと四六時中イチャイチャしてたいの！」

「あまり父上といられないせいで、禁断症状を起こしていますね……」とエルザが呆《あき》れた面持ちを浮かべながら呟いた。

俺は思わず苦笑を浮かべた。

最近はずっと、冒険者としての任務に繰り出してばかりいた。

そのため騎士団の教官としての業務も、魔法学園の非常勤講師としての業務も、姫様の家庭教師の仕事もセーブしていた。

おかげで娘たちと過ごす時間も減ってしまっていた。

それはひとえに――。

「いいじゃない。パパは今、遅れてきた青春を過ごしてるんだから」

頬杖を突いたアンナが微笑《ほほえ》みながらそう呟いた。

「若い頃に抱いたSランク冒険者の夢が、手の届く位置まで来ているんだもの。熱心になるのも仕方ないわよ」

めちゃくちゃ大人な視点からの意見だった。

でも、そうだ。アンナの意見は的を射ている。

俺は突如として垂らされた希望の糸を前に浮き足立っていた。最近はずっと、まるで昔に戻ったかのような生活を送っていた。

他のことには脇目も振らず。

ただひたすら、高みだけを目指して走り続ける。

その没頭感は、長い間忘れていた感情だ。

「そういえば、今まで改まって聞いたことがなかったけど」

「ん？」

「パパはどうして冒険者になったの？」

「おいおい。なんだ。いきなり」

アンナの言葉に、俺は思わず笑ってしまう。

「レジーナさんといっしょにいる時のパパを見ていたらね、ふと思ったの。パパにも私たちと同じ年齢だった頃があったんだなって」

「そりゃそうだ。俺だって赤ん坊だったし、子供だったし、若者だった。いきなりこんな感じだったわけじゃない」

でもまあ、父親の若い頃の姿なんて想像もつかないか。

「冒険者になった理由は、他に選択肢がなかったからだよ。俺は小さい頃、両親を魔物に襲われて亡くしたんだ。それから村の孤児として育てられた」

「パパが孤児って……そうだったの？」

「ああ。両親が亡くなった後、俺は知り合いがいる村の施設で育ったんだ。それが君たちの故郷であるユズハ村だよ」

「じゃあ、パパは私たちと同じじってこと？」

「境遇的にはそうなるかな」

俺もアンナたちも本当の両親に育てられたわけじゃないという点は同じだ。

しかし、決定的に違っているところがある。

「まあ、俺の場合は両親がいなくなったのは子供の頃だったから。二人のことはしっかりと覚えてるんだけどな」

　そして――。

「……二人が俺の目の前で魔物に襲われて殺された光景も」

「「っ!?」」

　娘たちが息を呑《の》むのが伝わってきた。

「うちの両親は剣術道場を営んでいてな。俺は小さい頃から剣術を教えて貰っていた。ちょっとした噂《うわさ》になるくらいの腕前だった。だから、村が魔物の群れに襲われた時も、俺は立派に戦えると思ってたんだ」

　けれど、全然ダメだった。

「実際に魔物と対峙《たいじ》するとまるで身体《からだ》が動かなくてな。竦《すく》んだ俺に襲いかかってきた魔物から庇《かば》うように両親は……」

　そうだ。忘れもしない。

　俺の目の前で、両親は俺を庇うようにして魔物に殺された。

　オーガが振るった巨大な斧《おの》に頭蓋骨を叩《たた》き潰された。

「その時、俺は自分が弱いせいで両親を殺されたんだと思った。弱いままだと、強い奴《やつ》にされるがままになる。だから俺は冒険者になろうと思った。強くなれば、自分にとっての大切なものを奪われずに済む。守りたいものを守れるようになる。それに家柄も学もない人間が成り上がろうと思うと、それくらいしかなかったから」

俺がそう言うと、アンナが口を開いた。

「以前、レジーナさんに昔のパパのことを聞いたことがあるの。言っていたわ。あの頃のカイゼルには鬼気迫るものがあったって」

「孤児だった俺には何もなかったから。何か確固としたものが欲しかったんだ。あの日の自分より強くなったと証明できるものが」

かつての日々を思い出す。

守りたいものを守れるだけの強さを身につけるために、その証明となるSランク冒険者になるために必死だった時間。

「アンナの言う通り、あの頃は俺にとっての青春だったのかもな。当時は毎日必死で気づかなかったが、確かに楽しかった」

「なら今は二人にとって、第二の青春ってわけね」

「二人？」

「レジーナさんのことよ。それ以外ないでしょう？」

「いやいや。あいつはそんなこと考えるようなタマじゃないだろう。別に今も昔も特別な感慨は抱いていないと思うが」

「そう？　私にはレジーナさんもパパと同じことを思ってると思うけど。明らかに最近は表情も柔らかくなってるし」

「変わらないと思うが……」

「まあ。男の人には分かんないか。でも、同性が見れば一目瞭然よ」

とアンナはお見通しというように微笑みを浮かべた。

「何か今のパパたちって、同窓会で久々に再会した級友が意気投合して深い仲になる流れに乗ってる感じがするわよね」

「パパ。ダメだからね？　レジーナさんとイチャイチャしたら！　パパにはボクっていう可愛《かわい》い娘がいるんだから！」

メリルが釘《くぎ》を刺すように俺にそう言ってきた。

「はは。分かってるさ」

そもそもレジーナとはそういう関係じゃない。

俺と彼女はかつての仲間で、深い信頼関係で結ばれている……と思う。だが、男女の仲的な要素は一ミリたりともない。

向こうもきっと、同じ言葉を返してくるだろう。

「ということで、パパはボクとイチャイチャすること！」

「何が、ということで、なんだ？」

「明日、任務でイチャイチャできないなら、今ボクとイチャイチャして！　具体的には隣でいっしょに寝て♪」

まあ、それで納得してくれるならいいか……。

「ったく。仕方ないな」

「やったっ♪」

俺がはしゃぐメリルと共に寝室に向かおうとした時だ。

「エルザ。どうした？」

エルザがじっとこちらを見つめていた。

「い、いえ……」

「あ。分かった。エルザもパパといっしょに寝たいんでしょ」

「〜っ！　そ、そういうわけでは……！」

エルザは顔を真っ赤にすると、

「私はその、寝る前に剣の手入れをしておきたいので。これにて失礼します。父上。それに皆もお休みなさい！」

そう言い残し、逃げるようにその場から去っていった。

「？　何だったんだ？」

俺がそう小首を傾《かし》げていると、

「ま、難しい年頃ってことじゃない？」

アンナが頬杖《ほおづえ》を突きながらそう呟《つぶや》いた。

「色々あるのよ、あの年頃の子にはね」

……いや、君もエルザと同じ年なんだけどな。アンナは同世代の女子に比べると、些《いささ》か大人びすぎているところがある。

「パパ。早く早くー♪　イチャイチャしよ！」

メリルがぐいぐいと腕を引っ張ってくる。

「今夜は寝かさないからねー♪」

そう言いながら、俺の腕に頬ずりをし、ベタベタに甘えてくるメリルを見て、ちょっとこの子は幼すぎるなと苦笑した。

第二十七話

翌日の夕方。

カイゼルが王女の家庭教師の仕事に赴いている時間。

エルザとアンナとメリルは家のリビングにて真剣な面持ちで向かい合っていた。そこに普段の団らん時の朗らかさはない。

「エルザ。この前のサイクロプスの群れの件だけど」

とアンナが切り出した。

「はい。騎士団で辺り一帯を捜索しました。その結果、アンナの予想通り転送用の魔法陣が森の中から見つかりました」

「やっぱりね。あれだけの群れが突然現れるなんていくら何でも不自然だもの。どこかから転送でもされない限りは」

アンナは手元のカップに入った紅茶を一口含む。

「やはりあのサイクロプスの群れは何者かに転送されてきたのでしょうか」

「だと思うよー。魔法陣に魔力の残滓《ざんし》が残ってたから」

とエルザの疑惑を裏付けるようにメリルが言った。

「それで？　その魔法陣はどうしたの？　放置しておいたら、また魔物が転送されてくる危険性があるでしょう」

「その点は心配いりません。魔法陣はメリルに解除して貰《もら》いました」

　エルザがメリルの方を見ながら言った。

　メリルは「えっへん」と胸を張りながらドヤ顔を浮かべる。

「だけどねー。すっごい苦労したよ。解除するのに丸二日掛かったもん。びっくりするくらい術式が複雑だったから」

「メリルがそこまで言うのは相当のことね」

「誰が仕掛けたのか分かんないけど、術者は相当腕が立つ魔法使いだと思う。あれだけの量の魔物を一度に転送するなんて聞いたことないし。そもそもあれだけの規模の魔法陣を描くのって凄《すご》く大変だからね。まあ、ボクの方が天才だけど？」

「はいはい。解除できて偉いわね。天才ね」

「もー！　滅茶苦茶《めちゃくちゃ》流そうとするじゃん！　こういう時、パパだったらボクの頭なでなでして甘やかしてくれるのに！」

「それはパパだからよ。私は甘やかさないの」

「ぶー。ボクは褒められて育つ子なんだからね？　そこのところ肝に銘じておいてよ。花と同じように丁重に接してくれないと」

「メリル。知ってる？　花になる果実っていうのは、ある程度のストレスを掛けて育てた方が美味《おい》しく実るそうよ」

「ええ。だから、私はメリルを良い果実に育てるためにも厳しく接していくわ」とアンナは口元に笑みを浮かべた。

マズいと思ったのだろう。メリルはへらへらと笑みを浮かべた。

「やだなー。ボクは人間だってば」

自分で発言した例えを即座に撤回する、都合のいいメリルだった。その様子を前にしたアンナとエルザは苦笑いを浮かべる。

「魔法陣の話ですが」

エルザは真剣な声色に戻した。

「仕掛けたのは魔法学園を襲った犯人と同一人物でしょうか?」

「確証はないけれど。その可能性は高いわね」

「では、再び襲撃を仕掛けてくる恐れがありますね……」

「ねーねー。だったらさー。パパに話した方がいいんじゃない？　なんでアンナとエルザはこのことをパパに内緒にしてるの?」

「「……」」

メリルの指摘を受けて、二人は言葉を詰まらせた。

「パパは今、大事な時期でしょう?」

アンナが口を開いた。

「え。そうなの?」

「ずっと追いかけていたSランク冒険者の座が手の届くところにまで来てる。他のことで掻《か》き乱したくないの」

「それに私たちはこれまでずっと、父上に頼ってきましたから。我々もたまには自分たちで対処できなければ」

「ふーん。二人は色んなことを考えてるんだねえ」

メリルは感心したように呟いた。

「ボクは別にパパに頼ってもいいと思うけどなあ。ボクたちが頼れば、パパは忙しくても力を貸してくれるだろうし」

「子供の頃ならそれでも良かったかもしれないけど。もう私たちは十八歳よ？　いい加減自立しないとダメでしょ」

「私もアンナの意見に同感です。我々はすでに子供ではないのですから」

「えー。でもエルザ、この前ボクとパパがいっしょに寝ることになった時、自分も混ぜて欲しそうな顔してたじゃん」

「あ、あれは……！　一時の気の迷いです……！　私の軟弱な精神の表れ。もっと厳しく律していかなければ……」

エルザは自身を戒めるようにぐっと拳を握っていた。

メリルが小首を傾げながら言った。

「ボクには二人の言ってること、分かんないなー」

「何が分からないの？」

「もう自分たちは子供じゃないってところ。ボクたちがいくつになっても、パパにとってのボクたちは子供じゃん」

メリルは口元に指を当てながら、きょとんとした顔で言った。

「頼ったり、甘えたりしちゃいけないなんてこと、ないと思うけど」

アンナとエルザは不意を突かれたような表情になった。まさか、メリルから真剣な意見が出てくるとは思っていなかった。

「……だとしても、今のパパには自分のことに集中して欲しいの。ただでさえ、私たちの子育てに時間を取られてきたんだから」

アンナの言葉に、エルザは深く頷《うなず》いた。

それを聞いたメリルはくすっと笑みを浮かべる。

「二人って、ほんと甘えベタだよねー。ボクちゃんをもっと見倣わないと」と茶化すように口にするメリルなのだった。

第二十八話

とうとうこの時がやってきた。

俺がレジーナと共に赴いた討伐任務から帰ってきた際。

受付に出迎えてくれたアンナが笑みと共に言った。

「パパ。おめでとう。今回の任務達成により、Sランク昇格の条件を満たしたわ。最高位の冒険者への切符を手に入れたの」

その言葉を聞いてもまだ夢うつつの気分だった。

俺がSランク冒険者に……。

冒険者になった時からずっと追い続けてきた夢。

それが今、叶《かな》おうとしていた。

「カイゼルさん！　聞きましたよ！　おめでとうございますっ！　Sランク冒険者の資格を得るなんて本当に凄いです！」

パン、と乾いた炸裂《さくれつ》音が鳴り響いた。

見ると、受付嬢のモニカがクラッカーを鳴らしていた。ニコニコと笑みを浮かべ、祭りのような高揚感に浮かされている。

周りの冒険者たちがその声にざわついた。

「カイゼルさんがSランクに……!?」

「マジかよ。前々から高ランク任務を軽々こなす凄い人だとは思ってたが……。まさかSランクになっちまうなんてな」

「この街からはエルザ騎士団長に続いて二人目じゃないか？」

冒険者たちは俺の元に近づいてくると、口々にお祝いの言葉をくれた。

「カイゼルさん。おめでとうございます！」

「俺たちもあんたの爪の垢《あか》を煎じて飲まないとな」

「はは。どうもありがとう」

応えながらも、どうにも照れ臭くなってしまう。

「いやー。めでたいですね。今日はお仕事を休みにして、カイゼルさんのSランク記念パーティを開きましょう！」

「モニカちゃん。それはただあなたがサボりたいだけでしょ。ダメよ。まだまだ私たちには仕事が溜《た》まってるんだから」

「ヤですよー！　毎日毎日仕事ばっかりなんて！　私だって休日取ってイケメンとデートして口説き文句の一つも言われたい！」

「……全く。仕方ないわね」

「えっ!?　休ませてくれるんですか？」

期待に目をキラキラと輝かせるモニカ。

アンナはそんなモニカを壁際に追い詰めると、壁に右手を突いて逃げ場を塞ぎ、彼女の小さな顎をくいっと持ち上げた。

「アンナちゃん。今日はあなたを帰さないわ」

「口説き文句風に残業を押しつけないでください！　絶対嫌ですからね！　何が何でも私は定時に帰ってみせますから！」

そんな二人のやり取りに周りの冒険者たちから笑い声が上がった。

上司と部下。仲が良いのは何よりだ。

……そう言うとモニカはきっと「違いますよ！　これはパワハラです！」と返すだろうが傍《はた》から見るとただのじゃれ合いだ。

「おい。昇格の話を進めろ」

痺《しび》れを切らしたレジーナが話の先を促した。

「説明しなければならないことがあるはずだ」

「ああ。そうだったわ。パパ。Sランクへの昇格の話なんだけど」

「ん？」

「Aランクまではこのギルド内で昇格処理ができたけど、Sランクとなると冒険者ギルドの本部に行く必要があるの」

「本部っていうと、アテーレの街にあるんだっけか」

「ええ。この王都から馬車で丸一日くらいの距離よ。そこにある本部で開かれる授与式に出席しないと認可されないわ」

「確か授与式は一年のうち一定の日にしか開催されないと聞いた。冒険者ギルドの慣習が関係しているらしいが」

レジーナがアンナに確認するように呟《つぶや》いた。

「実はそうなの。だから、その時期を逃したら一年待たないといけないわけ。何かしらの意味はあったと思うんだけど、今となってはその意味を正しく理解している人なんて本部の人間にもほとんどいない。要は形骸化してるわけ」

アンナは呆《あき》れたように肩を竦《すく》めた。

「ホント、慣習って面倒臭いわよね。今すぐ撤廃すればいいのに」

「なら、実際に俺がSランクの資格を手にするのはまだまだ先になるわけか。その時期とやらを待たないといけないわけだ」

「それがそうでもないのよね」

「え？」

「ちょうどその時期が明後日《あさって》なの。だから明日王都を発《た》てば、問題なく授与式を開いて貰うことができるはずよ」

まるで計ったかのようなタイミングだった。

「というか、パパがSランクを目指すようになってからは、私が式の日に合わせて任務のスケジュールを仕切っただけだけど」

アンナが取り計らってくれていたらしい。

さすがの几帳《きちょう》面《めん》さだ。

「事前に伝えてくれれば良かったんじゃないか?」

「余計なプレッシャーを与えたくなかったの。期限のことを気にして、任務に身が入らなくなるようなことがあれば困るもの」

気遣いもバッチリということらしい。

「ということでパパ。明日出発ってことで大丈夫?」

「ああ。それなら手配を頼むよ」

「任せておいて」

アンナはウインクをすると、サムズアップを掲げた。

「レジーナさんは?」

「む?」

「あなたもSランクへの昇格条件はとっくに満たしてるでしょう」

「……そうだな。せっかくの機会だ。私もSランクに昇格することにするか。別に肩書きに興味があるわけではないが」

「レジーナさんが気にしてたのはタイミングだものね。パパといっしょに昇格できるのを心待ちにしてたみたいだし」

「な、何を言うか。私は心待ちにしてなど……」

「だって、そうでしょう？　昇格資格は三年前から満たしてたのに。あなたはずっと頑《かたく》なに昇格しなかったんだもの」

「私はただ、私と同格――いや、それ以上の実力があるこいつより先にSランクの資格を持つことに納得できなかっただけであってだな……」

「はいはい。ツンデレ乙」

アンナはレジーナの弁解をあっさりと促した。

「たまには自分の気持ちを正直に口にした方が可愛《かわい》げがあるわよ」

「……おい。お前、私よりも年下だったよな？」

「年下だろうが年上だろうが、私は思ったことは口にする主義よ。レジーナさん。あなたもそういう人でしょう？」

アンナはレジーナのことを試すように言った。

「なのに、あなたは私のことは否定するの？」

「――ちっ」

言い返す言葉を失ったのか、レジーナは舌打ちをした。

完全にやり込められていた。

「こら。レジーナさん。舌打ちしない。行儀が悪いわよ？」

「お前は私の保護者のつもりか!?」

すっかり二人は打ち解けているようだ。

かつての仲間と愛する娘がやり取りをしているのを眺めながら、俺は流れていった時間の長さに感慨を抱いたのだった。

第二十九話

その日の夜。

娘たちは自宅のリビングで向かい合っていた。

カイゼルは不在だった。

Sランクへの昇格祝いを聞きつけた魔法学園の同僚たちに誘われ、レジーナと共に酒場に飲みに行っていたからだ。

内密の話がしたい娘たちにとっては好都合だった。

「マズいことになったわね」

そう切り出したのはアンナだった。

「まさか新しい転送魔法陣が見つかるなんて……。この前の件があって、あの辺りは全部一通り捜索したはずなのに」

「見落としてたってこと？」

「いえ。魔法陣を確認したのは、以前我々が一度捜索した場所でした。あの後、新規に設置されたと考えるのが妥当かと」

今日、エルザから街の外を巡回中に転送魔法陣を見つけたと報告があった。

それは以前、サイクロプスの群れが転送されたものと同じものだった。エルザは王都に戻り次第すぐにアンナに報告した。

　耳にしたアンナはメリルに調査を依頼した。

「この短期間で新規に設置されるなんてね。冒険者たちの間からも、王都周りで怪しい人を見たという報告はなかったけど」

「メリル。あの転送魔法陣は解除できそうでしたか？」

「んー。確認したんだけど、この前よりも複雑な術式になってたんだよね。ちょっと一日や二日じゃ難しいかも。三日くらい掛かるかなぁ」

　メリルは頬に指を宛《あて》がいながら言った。

「ていうか、あれだけの規模の魔法陣をこの短期間で設置するってビックリ。ボクでも骨が折れる作業だよ。あんなの」

「メリルにそう言わせるというのは驚きですね」

「まあ。ボクの方が天才だけどね？」

　メリルはそこだけは譲れないというふうに念を押す。

「でも、何かボクたちのことを試そうとしてる感じがするんだよねー。わざと解除の難易度を調節してるというか」

「いずれにせよ、放っておくわけにはいかないわ。以前のように魔物が転送されてきたら大変なことになるもの」

「ボクも明日から解除の作業に入るつもりー」

「では、私はメリルの護衛に当たります」

「二人とも、よろしくお願いね」

アンナがそう言うと、メリルが口を開いた。

「ねえ。やっぱりパパに一回相談した方がいいんじゃない？　パパなら転送魔法陣も解除できるかもしれないし」

「ダメよ。パパは明日、朝から冒険者ギルドの本部に発《た》つんだから。Sランクの授与式の手続きもしちゃったし」

アンナが言い聞かせるように指を立てる。

「今の時期を逃したら、次にSランクに上がるためには一年待たないといけない。パパの夢がそれだけ遠ざかっちゃうもの」

「ええ。父上に話せばきっと、昇格を捨ててでも我々に協力してくれるはずです。だからこそ頼るわけにはいきません」

エルザが胸に手を置きながら呟いた。

アンナが言った。

「それにパパ、昔に言ってたわよ。自分の魔法は我流だから、魔法陣の解除とか専門的なことは得意じゃないって」

「あー。そういえば言ってたね」

とメリルが思い出したように呟いた。

「パパなら何でもできると思ってた」

「私にもそのイメージがありますね」

「まあ。パパも明後日には式を終えてこっちに戻ってくるでしょうし。それまでの間、何事も起きなければ大丈夫よ」

アンナは安心させるようにわざと軽い口調で言った。

「取りあえず、明日からは魔法陣の解除作業に入りましょう。メリル。エルザ。パパが不在の間は頼むわよ」

「おっけー」

「任せてください」

エルザとメリルは決意を固めた表情で頷《うなず》いた。

第三十話

翌朝。

俺はレジーナと共に冒険者ギルドの本部がある街――アテーレに向かうための馬車へと乗り込むところだった。

「パパ。レジーナさん。道中気を付けてね」

見送りに来ていたアンナが言った。

「あと、これは聞いた話なんだけど。本部の人はとても時間に厳しいらしいわ。式に遅刻や欠席をすれば昇格できなくなるかも……」

「分かった。肝に銘じておくよ」

俺はアンナの言葉に頷いた。

「パパ。お土産忘れないでねー♪」

「メリル……。あなたという人は……」

甘えてくるメリルを前に、エルザは額に手を当てていた。

「大丈夫だ。ちゃんと皆の分、買ってくるから」

「旦那。そろそろ出発しますぜ」

と御者の男が呼びかけてくる。

俺はレジーナと共に馬車の荷台に乗り込もうとする。

その時だった。

「あ、そうだ。レジーナさん。これを」

アンナはレジーナに向かって懐から取り出したものを差し出す。

あれは——便せんだろうか。

「む。何だ」

「いいからいいから。出発した後にでも読んで欲しいの。——ちなみに書いてある内容は
パパには内緒ね？」

「えっ」と声に出したのは俺だった。「俺には内緒……」

どういうことだ？

レジーナは怪訝《けげん》そうにアンナの顔を見据える。

アンナは真意の読めない涼しげな面持ち。

「……まあ。いいだろう。受け取ってやる」

レジーナは渋々というふうにアンナの手から便せんを受け取った。

「ありがと♪　よろしくね」

アンナはそう言うと、俺たちに向かってひらひらと手を振る。

「二人とも、いってらっしゃい」

娘たちに見送られながら、俺たちの乗った馬車は出発した。

荷台の窓から、後ろに流れていく街道の景色を眺める。ふと隣を見やると、レジーナが先ほど受け取った便せんに目を落としていた。

読み終わったレジーナは口元に笑みを浮かべていた。

「何が書いてあったんだ？」

「……ふん。なるほどな」

さりげなく探りを入れてみる。

「娘の話を聞いてなかったのか？　お前には内密だと」

「だが、気になるじゃないか」

「子供のように正直な言い草だな」

「何とか……。ヒントだけでも」

「くっくっく。これからSランク冒険者になろうという奴《やつ》が形無しだな。たまには優位に立つのも悪くないものだ」

レジーナは口元に手をあてると、愉《たの》しそうに笑っていた。

「だが、言うわけにはいかないな。私は口が堅い女なんだ。お前の娘と一度交わした約束は履行する義務がある」

ダメか……。いやまあ、ダメだろうとは思っていたが。

レジーナはこう見えて、義理堅い奴だからな。口外しないと約束したなら、何があろうと漏らしたりはしない。

「しかし、今になってSランクになれるとはな」

窓の外を眺めながらふと呟《つぶや》いた。

「あの頃、一度は諦めた夢がこうして叶《かな》うことになるとは思わなかったよ。エトラたちが聞いたらどんな顔をするかな」

かつての仲間たちと過ごした日々を思い出す。

「今、彼女たちは何をしてるのかな」

「さあな。私は連中とはお前が王都を去って以来、連絡を取っていないからな。だが奴らはしぶといからな。息災だろう」

「だと良いんだが」

「何だ。昔が恋しくなったのか？」

「いや、アンナに言われたんだよ。レジーナと任務に行くようになってからの俺は、青春みたいな感じだったってさ」

口にする内に、表情が緩んでいた。

「思い返してみれば、確かにあの頃は青春だったなって。他のことには目もくれず、ただ強くなることだけを考えていた」

「……そうだな」

とレジーナは小さく相づちを打った。

「私にとってもお前と共に戦う日々は充実していた。最近は退屈を紛らわせるために酒を飲むことも減った」

「健康的な生活になったようで何よりだ」

「くくっ。バカを言うな。酒に浸る日々より、魔物と死闘を繰り広げる日々の方がずっと不健康な生活だろう」

「はは。言われてみれば確かにそうか」

酒に浸っても即座に死ぬことはないが、魔物との戦いは即死する危険性がある。ずっと酒を飲んでる方が身体的には健康的だ。

「だが、それでは生の実感は得られない。安息の日々の中ではな」

レジーナは胸に置いた手を握りしめていた。

「今の私には生きているという実感がある。一人で戦っていた時には得られなかったひりつくような感覚が。……カイゼル」

「なんだ?」

「Sランクに昇格すれば、今よりも強力な魔物と戦うことができる。お前となら、手応えのある日々を送ることができる」

「——ああ」

窓の外を眺めていた時だった。

ズウゥン……。

大きな地響きと共に馬車が揺れた。

御者の男に手綱を引かれていた馬がいななきを上げた。

「地震？――いや、これは……」

揺れが収まった後、俺は幌《ほろ》を開けて外を見やった。

頭上の空に大量の鳥たちが羽ばたいている。

少しして街道の左手――平原がある方から魔物の群れが押し寄せてきた。

徒党を組んで襲撃してきたのか？

警戒して腰に差した剣の柄《つか》に手を掛けた俺だったが、魔物の群れは馬車にはまるで目もくれず一心不乱に走り去っていった。

まるで何かから逃げているかのように。

「……平原の方で何か起こったのか？」

「恐らく、魔物が出現したのだろう。以前のサイクロプスの群れの時と同じだ。突然、場に転送されてきた」

「どうしてそれが分かるんだ？」

「手紙に書いてあったからな。お前の娘からの」

レジーナはアンナから受け取った手紙を掲げてみせた。

「以前、私たちが戦ったサイクロプスの群れは転送魔法によって召喚されたもので、今回また別の魔法陣が見つかったそうだ」

その言葉を聞いた時、驚いた。

「それは俺にとっては初耳の情報だ」

娘たちは俺に伏せていたのか？

どうしてだ？

いや、それよりも……。

「ということは、さっきの揺れは転送魔法陣が発動したっていうことか？」

「その可能性が高いだろうな」

あのサイクロプスの群れと同じ——いや、下手をするとそれ以上の強さの魔物が王都を襲撃しようとしているのか。

「だったら、すぐに皆の元に駆けつけないと——」

ヒュッ。

荷台の席から腰を浮かそうとした俺の喉元に、剣が突きつけられた。鈍い光を放つ剣先を前に思わず息を呑《の》んだ。

「……レジーナ。何の真似《まね》だ？」

「お前をこのまま引き返させるわけにはいかないな。カイゼル。お前は私と共にアテーレの街に向かうんだ」

「バカを言うな。娘たちが危ないかもしれないんだ」

「これは他ならぬ娘たちの要望だと言ってもか？」

「……何だって？」

「私はお前の娘たちから頼まれたんだ。お前が娘たちの元に向かおうとすれば、その時は止めてやって欲しいとな」

レジーナの顔を見つめる。

彼女は嘘《うそ》を言うような性格じゃない。

それは誰より付き合いが長い俺だから分かる。

「なぜだ？　なぜそんなことを頼む必要がある？」

ピンチなのだ。

人手があった方が助かるはずだ。

「……分からないのか？」

分からない。

レジーナはため息をついた後、言った。

「お前の娘たちは、お前に夢を叶えて欲しいと思っているからだ」

「――っ」

レジーナの言葉を耳にした途端、息が詰まった。

俺に――夢を？

「これ以上、自分たちのせいで何かを諦めて欲しくない。私たちを育てるために、一度はSランクの夢を捨てたように。もし魔物が現れるようなことになったとしても、自分たちで何とかしてみせるから。パパは私たちに構わず、自分の夢を叶えて欲しい。……手紙にはそう伝えて欲しいと書いてあった」

「…………」

思わず言葉を失っていた。

彼女たちはそんなふうに考えていたのか。

だから、転送魔法陣を見つけたことも、俺には報告してこなかった。

俺の手を煩わせることになるから。

俺の夢の邪魔になると思ったから。

何を言っているんだ。

そんなの――。

そんなの気にする必要なんてないのに。

――これ以上、自分たちのせいで何かを諦めて欲しくない。

俺は彼女たちにそんなふうに思わせてしまっていたのか。親としての自分のふがいなさに呆《あき》れ果ててしまいそうになる。

そうじゃない。そうじゃないんだ。

彼女たちは大きく勘違いしている。

俺は君たちを育て上げたことで、何かを諦めたなんてことは――。

「レジーナ。どいてくれ」

決意を固めた俺はそう呟いた。

「俺は娘たちの元へ向かわないと」

「……お前。私の話を聞いていたのか？　娘たちは来なくていいと言ったんだ。Sランク冒険者になる夢を叶えて欲しいと」

「ああ」

「ここで引き返して娘たちの元へ向かってみろ。まず授与式には間に合わない。せっかくの機会を失ってしまうぞ」

「そうだな」

「下手をすれば、もう二度とSランクにはなれないかもしれない」

「かもしれないな」

「だとしても、構わないというのか」

「そうだ」

俺は何の揺らぎもなくそう頷《うなず》いた。

「俺は別にSランクに上がれなくても構わない」

「――ふざけるなッ！」

心底堪《たま》らないというように。

レジーナは俺の言葉を聞くと、声を荒げてそう叫んだ。

「お前はずっと、Sランク冒険者を目指していただろう！　そのためにずっと危険な任務に赴いて戦ってきたんだろう！」

「ああ」

「長年、追い求めてきたものをどうして簡単に捨てられる!? お前にとって、Sランクになるという夢はその程度のものだったのか!?……私たちとひたむきに過ごした日々はその程度のものだったというのか!?」

レジーナは顔を歪《ゆが》めながら、当てつけるように言葉をぶつけてきた。俺の中にある感情を揺さぶろうとするかのように。

けれど——。

俺の心は凪《なぎ》のように澄んでいた。

「レジーナ。君にも話したことがあっただろう。俺は両親を魔物に殺されて、それが理由で冒険者になろうと思った。強くなれば、大切なものを奪われずに済む。自分の守りたいものを守れるようになるから。孤児だった俺は、何か確固としたものが欲しかった。それがSランク冒険者になるということだった」

「………………」

「俺はやっと、確固としたものを見つけたんだ。守りたいものを見つけた。だから、俺の夢はもう叶ってるんだよ」

自分の命に代えても守り抜きたいもの。

俺にとってそれは、三人の娘たちだ。

Sランクの資格を失うことなんて、彼女たちに比べれば些細《ささい》なことだ。

「……ふざけるな。ふざけるなよ。何だそれはッ」

　レジーナは鬱血するほど拳を強く握りしめながら、呻《うめ》くように叫んだ。

「……私はずっと、昔に戻りたかった。お前がいなくなってから、お前と共に戦った記憶ばかりなぞっていた。それは私にとって、掛け替えのない時間だったから。お前と共に剣を振るっている時だけが、私が私としていられた」

「…………」

「私はこれからもずっとお前と共に討伐任務に出たい。共にSランクに昇格して、毎日戦うことだけを考えて生きていきたいんだ」

「ありがとう。そう言ってくれることは嬉《うれ》しい」

　俺はレジーナの言葉にそう応えた。

　そして、彼女に言い聞かせるように続けた。

「でも、それはできない。俺にはもう守るべきものができたから。昔のように戦いのことだけを考えているわけにはいかないんだ」

　俺はかつての仲間へと告げた。

「レジーナ。俺の青春時代はもう、終わったんだよ」

「……っ！」

　レジーナは顔をくしゃりと歪めた。

　傷ついたような、今にも泣き出してしまいそうな。

そんな表情をしていた。

「……カイゼル。お前の剣の腕は落ちていない。だが、あの頃と比べるとすっかり腑抜《ふぬ》けになってしまったんだな」

「……そうかもしれないな」

どうすれば人は大人になることができるのだろう。

俺にはずっと分からなかった。

三人の娘の親になっても、気持ちはずっと若い頃のままだったから。

だけど――。

今この瞬間、俺は自分が大人になったのだとはっきり理解できた。

何かを諦めること。

それがきっと、大人になるということなんだ。

「レジーナはこのまま冒険者ギルドの本部に行って、授与式に出るといい。俺は娘たちの元に加勢に行かせて貰《もら》う」

俺は荷台の席を立つと、幌を開けて外へと出た。

御者に事情を伝えてから、魔物の群れが押し寄せてきた方角へと走り出す。

レジーナは俺のことを止めようとしなかった。ただ、力なく項垂《うなだ》れながら、走り去る俺のことを荷台から見つめていた。

第三十一話

レジーナは幼い頃からずっと、自分が一番強いと信じて疑わなかった。

そしてそれは事実だった。

剣を握った彼女は誰にも負けなかった。

命懸けの戦いでのみ、彼女は自分が生きていると感じられた。

けれど――。

生涯でただ一人、自分よりも強いと認めた男がいた。

カイゼル。

十八年前、駆け出しの冒険者だった奴《やつ》は王都の剣術大会にてレジーナと対峙《たいじ》し、そして彼女のことを打ち負かした男。

ずっと同じパーティで背中を預けて戦ったからこそ、よく分かる。

奴の強さは尋常ではなかった。

そんなカイゼルと共に戦っている時、レジーナは愉《たの》しかった。自分と同じ――それ以上の実力者と命を賭したやり取りをする。

こんな日々がずっと続けばいいと思っていた。

命が尽きるその瞬間まで。

けれど、至福の時間は唐突に断ち切られた。

あの日。

カイゼルはたった一人で任務に出た。

カイゼル以外のパーティメンバーは別の任務に出ており、本来なら奴は王都での休養を命じられているはずだった。

だが、奴はお人好《ひとよ》しだった。

ギルドの受付嬢から人手が足りなくて困っていると聞かされると、自分一人だけでワイバーンの討伐任務に赴いた。

結果――奴は王都を追われることになった。

パーティメンバーにも何も告げずに消えた。

噂《うわさ》では赤ん坊を引き取って育てると言っていたらしい。

カイゼルほどの実力者が剣を置くことも許せなかったし、子育てに励むからという理由もまた許しがたいものだった。

そして時が流れ――。

カイゼルを差し置いて史上最年少でのSランク冒険者になった者がいると聞いた時にレジーナは怒りを覚えた。

その若い娘がカイゼルの娘だと知った時には余計に。

そいつはいったい、どれほどの使い手なのか。

自分の目で確かめてやろうと思った。
レジーナはSランクになることになど興味はなかった。
彼女はただ、カイゼルと共に戦いたかっただけだ。
だが――。
当のカイゼルは自分よりも娘たちを取った。
自分の青春は終わったのだとそう告げた。
それが堪らなく哀《かな》しかった。
昔のカイゼルはどうしようもなく尖《とが》っていた。
強くなる。ただそれだけのために剣を振るっていた。
自分と同類だと思っていた。
この世界でただ一人の。
けれど、奴は家族を得てから変わってしまった。

「カイゼル……。お前はどうしようもない腑抜けだ」
レジーナは一人きりになった馬車の荷台で、虚空に向けてそう呟《つぶや》いてみた。上を向いていないと込み上げてきたものに潰されてしまいそうだった。

第三十二話

まさか今日、魔法陣が作動してしまうなんて——。

まるで図ったかのようなタイミングだとエルザは思った。

父上が不在の今、敵が現れるとは。

魔法陣から召喚された魔物はたった一匹だけだった。

だが——。

その一匹が尋常じゃない強敵だった。

転送魔法陣から現れたのはサイクロプスの群れなどとは比べものにならない。災害級とも称されるほどの相手。

八つの首を持つ巨大な蛇の魔物——ヒュドラ。

以前、討伐したエンシェントドラゴンに勝るとも劣らない強敵。

王都に侵攻しようとする奴を騎士団と冒険者、そして魔法学園の講師で迎え撃つ。

だが、足止めするのが精一杯だった。

ヒュドラは毒の息を吹きかける。触れた場所が瞬く間に腐り、爛《ただ》れていく。逃げ惑う者たちは阿鼻《あび》叫喚《きょうかん》の状態になっていた。

エルザは自らを奮い立たせると、ヒュドラの元へと切り込んだ。

ヒュドラのそれぞれの首が迎え撃とうとする。一匹の噛《か》みつきを躱《かわ》し、もう一匹の首のなぎ払いを躱したところでエルザは跳躍した。

「――はあああぁっ！」

一閃《いっせん》――。

振り抜いた剣はヒュドラの首の一つを刎《は》ね飛ばした。

「やった！　さすがエルザ騎士団長！」

騎士たちの間から歓声が上がる。

――いや、ダメだ。

次の瞬間、首を刎ねたはずのヒュドラの切断面から、再び新しい首が生えてきた。何事もなかったかのように再生する。

「エルザ！　ヒュドラは生命力が高いから、一匹の首を刎ねてもすぐに再生するわ。全部の首を同時に切らないと！」

支援のために後方に控えるアンナからの声。

一匹を倒すだけでも骨が折れるのに、それを全部同時に……？

余りにも難易度の高い要求に気が滅入《めい》りそうになる。

しかし、やらなければならない。

私たちだけの力で王都を守れることを証明するために。

「だったら、ボクの魔法で一気に切っちゃおう！」

メリルが風魔法――ウインドカッターを矢継ぎ早に放った。

なるほど。魔法であれば遠距離から一気に全ての首を潰せるかもしれない。

――だが奴はこちらの想定を上回ってきた。

ヒュドラの首を貫こうとした風の刃は、身体《からだ》に触れると掻《か》き消えてしまった。まるで泡が弾《はじ》けるようにあっさりと。

「ええっ!? ウソォ!?」

「どうやらヒュドラには魔法耐性があるようね」

そう簡単にはいかないらしい。

しかし、賢者と称されるほどの魔法使いであるメリルの放った攻撃ですら、こうも簡単に打ち消してしまうとは……。

その間もヒュドラは進行を続けようとしていた。立ち塞がる騎士団、そして冒険者たちを次々となぎ払っていく。

「ひいい! ダメだ! 強すぎる……!」

「こんな相手に勝てるわけない!」

戦意を喪失した冒険者たちの中には逃げ出す者もいた。

――マズい。士気が低下している。

このままでは蹂躙《じゅうりん》されるがままになってしまう。

どうすればいい？ そんなのは決まっている。奴を倒す他に方法などない。一気に八つの首を刎ねれば二度と再生できなくなる。

やるしかない。

たとえそれがどれだけ危険なことだったとしても。

「やあああああっ！」

覚悟を決めたエルザはヒュドラの懐目がけて駆け出す。

「エルザ!?」

「今突っ込んでいくのは危ないって！」

アンナとメリルから制止の声が飛んでくる。

リスクを伴うのは重々承知している。

けれど、やらなければならない。

父上たちのいない今、王都を守ろうとするのなら。

ヒュドラの八つの首が敵意を剝《む》き出しにする。

一匹の噛み付きを躱し、首を刎ねる。次に来た首も矢継ぎ早に切り裂いた。

「凄《すご》いです！　エルザ騎士団長！」

「これはイケるんじゃないか!?」

騎士たちが威勢の良い歓声を上げる。

けれど——そこまでだった。

ヒュドラが吐き出した毒の息を躱そうと横に飛ぶ。すると、そこに待ち構えていたかのように別の首の薙《な》ぎ払いが直撃した。

「ぐっ……!?」

水切り石のように弾き飛ばされるエルザ。

平原にそびえる岩山に叩《たた》きつけられ、項垂《うなだ》れる。

ヒュドラの首たちがその周りを取り囲む。

「マズいわ！　エルザを助けないと……！」

「って言っても、ボクの魔法は効かないし……。どーしよ……。ねえ。騎士団と冒険者の人たち助けに行ってよ！」

「無茶だ！　毒の息を吐かれたら一巻の終わりだ！」

周りの人たちの声がぼやけて聞こえる。

——立ち上がらないと。

けれど、身体が思うように動いてくれない。

霞《かす》んだ視界の中、ヒュドラの首たちが舌なめずりをしているのが見えた。

恐らく、このまま自分はやられてしまうのだろう。

……やっぱり、ムリだったのかもしれない。

私たちだけで王都を守るだなんて。

父上は今頃馬車に乗っている頃だろうか。

無事にSランクに昇格していてくれればいいなと思う。私たちを育てたせいで諦めた夢を叶《かな》えることができていれば。
ヒュドラたちが牙を剝き出しにして迫ってくる。
ああ――。
父上、私はもう――。
エルザがやがて来る痛みに備えて目を瞑《つぶ》った時だった。
キィン！
大きな音が鳴った。
彼女はそれを自分の頸椎《けいつい》が砕かれた音だと思っていた。
しかし。
……あれ？
いつまで経《た》っても痛みは襲ってこなかった。
目を開けてみる。
足元には刎ねられたヒュドラの首が落ちていた。
え……？
顔を上げる。
ぼやけた視界には、大きな背中が映っていた。
それは幼い頃からずっとエルザが見つめ続けていた背中。
遠く、そして大きい。

彼女を守り続けてきた憧れの背中。

「父上……!?」

エルザは自分が夢を見ているのかと思った。

死の淵《ふち》に見た情景。

けれど、カイゼルは振り返ると微笑《ほほえ》みかけてきた。エルザが子供の頃からずっと、彼女を安心させてきた優しい笑み。

「エルザ。――間に合って良かった」

その言葉を、微笑みを前にした途端、胸に抱いていた不安や絶望が引いていった。心の底から安堵《あんど》することができた。

ああ。間違いない。

今、目の前にいる父上は本物だ。

第三十三話

馬車を降りた後、逃げてきた魔物と逆行するように平原に駆けつけた。猛毒に侵された地帯を辿《たど》った先にヒュドラがいた。

そして——俺の娘たちも。

すんでのところで助けに入ることができた。

「パパ!?」

「わーい！　パパが来てくれたー！」

アンナとメリルが驚きの声を上げていた。

「カイゼル殿だ！　カイゼル殿が援軍に来た！」

「カイゼル先生！」

騎士団の連中や魔法学園の生徒たちが歓声を上げる。

エルザが呆然《ぼうぜん》とした表情を浮かべながら言う。

「父上。なぜここに……？」

「今はその話は後だ。まずはこいつを片づけよう」

俺はエルザの方を振り返ると、手を差し伸べた。

「エルザ。立てるか？」

「は、はい」

伸ばした手を摑《つか》み、エルザが立ち上がる。

俺は周囲の味方たちに向けて呼びかける。

「ヒュドラへの攻撃は俺とエルザで行う！　だから騎士団や冒険者、生徒たちはヒュドラの注意を引き付けてくれ！」

「カイゼル！　陽動ならこのノーマンに任せておけッ！」

「私たちが隙を作ります！」

魔法学園の同僚——ノーマンとイレーネが応える。

「うちらも負けてられないッス！　エルザ団長とカイゼルさんを援護ッス！　ここで活躍すればエルザ団長のハートも。ぐふふ……」

騎士団のナタリーが威勢の良い声を上げる。

騎士団の連中も気力を奮い立たせ、雄叫《おたけ》びを上げた。

「凄い……！　パパが来てから一気に皆の士気が上がった……！」とアンナが呆然とした表情を浮かべながら呟《つぶや》いた。

「ボクちゃんもパパのお手伝いしちゃうもんね♪」

メリルが元気よく魔法をヒュドラへ撃ち込んでいく。それに続くように魔法学園の連中も矢継ぎ早に魔法を放ち始めた。

ヒュドラの注意がそちらの方へと向けられる。

「皆が奴《やつ》の気を削《そ》いでくれている。今のうちだ。――エルザ。まだ戦えそうか？」と俺は長女に向かって問いかける。

「――はい。もちろんです！」

「良い返事だ。行こうか」

「パパ！　ヒュドラは一匹ずつ倒してもすぐに再生するわ！　八つの首をほとんど同時に切り落とさないと！」

「……全く。面倒な敵だ」

俺は苦笑を漏らすと、エルザと共に駆け出した。

ヒュドラの懐に潜り込むと、剣を走らせて首を削ぐ。続けざま、他の首を。矢継ぎ早に残りの首を狙おうとする。

「凄い！　完全にヒュドラを押してるぞ！」

「これならイケるかもしれない！」

――いや、ダメだ。

残りの首を刎《は》ね終えるより早く、先に削いだ首が再生してしまう。新たに生えてきた首が俺を喰《く》らおうと迫ってきた。

「父上！　危ない！」

「おっと」

迫ってきた首を身を退《ひ》いて躱《かわ》す。

数瞬前まで俺がいた空間を丸呑《まるの》みする。判断が僅かでも遅ければ今頃、全身の骨を粉々に嚙《か》み砕かれていただろう。

奴を押さえ込むことはできている――が、埒《らち》があかない。

このままじゃジリ貧だ。

俺とエルザだけじゃ奴の首を一気に削ぐには人手が足りない。

せめてもう一人、同じくらいの力量の剣士がいれば。

ヒュドラの首を一気に刎ねることができるのに。

だが、レジーナは今頃アテーレの街に向かっている頃だ。いない戦力のことを考えても事態は何一つ好転しない。

――仕方ない。ここはリスクを取るしかないか。

敵に一斉攻撃を仕掛けさせ、それを紙一重で掻《か》い潜《くぐ》り、一気に仕留める。失敗すれば即致命傷になり得る諸刃《もろは》の剣。

生きるか死ぬかのギャンブル。

だが現状、それ以外に倒す手段は思い浮かばない。

「来い――迎え撃ってやる！」

俺は前に出ると、ヒュドラの一斉攻撃を受けようとする。

――刹那。

物凄《ものすご》い風が後方から吹き抜けてきた。

風圧の弾丸とも形容すべきそれは、ヒュドラの首を次々と撃ち抜いた。悲鳴を上げた敵の首同士の連携はバラバラになる。

これは――風魔法?

メリルや魔法学園の連中が援護してくれたのか?

いや、違う。

ヒュドラに魔法での攻撃は通らない。

魔法以外でこんな芸当ができる者は一人しか知らない――。

「らしくないな。お前が勝負を急《せ》いて無謀な判断をするとは。やはり、父親になってから鈍ったんじゃないか?」

「……君が来ることが分かっていれば、こんなギャンブルには出なかったさ」と俺は隣に並び立った彼女を見やった。

背丈ほどもある大剣を引っさげて不敵な笑みを浮かべる女性。

それは俺のかつての仲間であり、本来なら馬車に乗ってSランク冒険者への昇格式に向かっているはずのレジーナだった。

第三十四話

——私もあいつと同じだな。

レジーナは心の中で独りごちる。

——Sランク冒険者になることになど何の執着もなかった。私はただ、カイゼルと共に戦いたかっただけだ。

故にSランクへの昇格の機会を蹴ることに些《いささ》かの躊躇《ためら》いもなかった。

馬車を出ると、カイゼルの後を追いかけた。

「レジーナ。よく来てくれた」

隣に立つカイゼルが言った。

「俺とエルザと君が揃《そろ》えば、ヒュドラの息の根を止められる」

「……ふん」

別に私とお前だけで充分だ——とはレジーナは口にしなかった。何だか、ムキになっているみたいだから。

「他の皆は引き続き、ヒュドラの陽動を頼む！」

カイゼルがそう呼びかけると、騎士団や冒険者、魔法学園の連中が応える。その様子を目の当たりにして舌打ちをしそうになる。

――昔の奴ならそんな真似《まね》はしなかった。

他人に頼るようなことは。

ただ自分の力だけを信じていただろう。

本当に、何もかもが変わってしまった。

レジーナはカイゼルたちと共に動き出す。

八つの首を持つヒュドラが迫ってくる。縦横無尽に襲いかかってくる敵連中を、エルザは上手《うま》く捌《さば》いていた。

「……ほう」

その様を見たレジーナは思わず感嘆の息を吐いた。

以前より更に動きのキレが増している。

恐らく、血の滲《にじ》むような鍛錬を重ねてきたのだろう。

大したものだ。

伊達《だて》にSランク冒険者の称号を冠しているわけではない。

……まあ、言ってはやらないが。

しかし、レジーナをそれ以上に驚かせたのはカイゼルだった。

――何だ!?　あの動きは……！

その身のこなしは極限まで研ぎ澄ました剣のようにムダがなく。

剣筋は鋭く、力強い。

以前にカイゼルと剣の打ち合いをした時や、これまでに何度も討伐任務に赴いた時よりも遥《はる》かに動きは良かった。

まるで自分の限界を超越したかのような――。

なぜだ？

いったい何が奴をあんなふうに突き動かしている？

浮かんだ疑問は、戦う奴の目に宿る光を見た時に氷解した。

ああ、そうか――。

あいつは守ろうとしているんだ。自分の娘を。

自分の夢を捨ててまで選んだものを。

私はカイゼルが家族を得たことで腑抜《ふぬ》けになったと思っていた。

戦うための牙を抜かれてしまったのだと。

だが、その認識は間違いだった。

目の前の戦いぶりを見ていると分かる。

奴は昔よりずっと強くなっている。

共にパーティを組んでいた時よりも。

それはきっと、守るべきものがいるからだ。

あの頃の私たちはただ自分のためだけに戦っていた。けれど、今のカイゼルは大切な娘たちのために戦っている。

そうか――。

人は守るもののためなら、こんなにも強くなれるのか。

お互いに預け合っていたカイゼルの背中は今、娘たちを守るためにある。

……それは昔よりもずっと大きく、遠く見えた。

奴が娘たちに向ける感情。

奴を強くさせているもの。

それは恐らく一般的に愛情と呼ばれるものだろう。

レジーナはふと思う。

――私は今まで一度でもその感情を味わったことがあるだろうか？　誰かに対して愛情と呼べるものを抱いたことが……。

失いたくないと、守りたいと思えるものが。

……あった。

ただ一つ、生きていて愉《たの》しいと思える時間。

それは今だった。

カイゼルと共に生きるか死ぬかの戦いをしている時。

だから――。

奴が娘たちを守るために戦うというのなら、私はそんなお前を失わないよう、守るためにこの剣を取ろう。

それが私にとっての生きる理由になる。

「エルザ！　レジーナ！　一気に叩《たた》き込むぞ！」

「はい！　父上！」

「……ああ」

レジーナはカイゼルとエルザと共にヒュドラに向かって駆け出す。

アンナの的確な指示によって配置された騎士団や冒険者、魔法学園の生徒たちの攻撃がヒュドラの気を逸《そ》らしている。

メリルの放った上級魔法がヒュドラの体軀《たいく》を直撃した。

魔法耐性を凌駕《りょうが》するほどの威力に、敵は仰《の》け反っている。

大きな隙ができていた。

完全に同じタイミングでヒュドラの八つの首を刎ねる——そんな曲芸じみた芸当もこの三人にとっては容易だった。

レジーナはカイゼルと長年連れ添った仲だ。

カイゼルの呼吸は手に取るように分かる。

そしてそれは娘であるエルザも同じだった。

「「「はあああああっ！」」」

三人の振り抜いた剣は、ヒュドラの首を一気に切り裂いた。

第三十五話

ヒュドラは断末魔の声を上げると、その場に崩れ落ちる。

八つの首を同時に斬られたことにより、断面が再生することはなく、巨体は光の粒子となって空気中に消え去っていった。

「……どうやら、無事に討伐できたようだな」

ヒュドラの消滅を完全に見届けた後。

ふう、と俺が息を吐いて剣を鞘《さや》に収めた時だった。

周囲にいた騎士団や冒険者、魔法学園の生徒たちから歓声が上がった。

「パパ。お疲れさま」

アンナが俺の元へとやってきた。

「アンナもよく皆に的確な指示を出してくれたな」

彼女の指揮がなければ、ヒュドラの陽動は上手くいかなかっただろう。

「パパー。格好よかったよー♪　ボクちゃん、メロメロになっちゃった♪」とメリルが俺の腰にぎゅっと抱きついてくる。

「メリルもありがとう。おかげで助かった」

「でへへー。もっと褒めてー」

頭を撫《な》でてやると、メリルは蕩《とろ》けそうな顔をしていた。

「……父上。なぜ戻ってきたのですか？」

そう口にしたのはエルザだった。

真剣な面持ちをしている。

「……アンナがレジーナさんに伝言の手紙を渡していたはずです。なのに、なぜ授与式に行かなかったのですか」

「王都がピンチなんだ。授与式に行ってる場合じゃないだろう」

「ですが、私たちがどうにかすると伝えたはずです。……結果的に、父上の力がなければ解決はできませんでしたが」

エルザは悔しそうに拳を握りしめると言った。

「このままでは、せっかくのSランクの資格を失ってしまいます」

「今ならまだ、急げば間に合うかもしれないわ。事情を説明すれば、本部の人たちも理解してくれるかもしれないし」

アンナが思いついたように指を立てた。

「何なら私のギルドマスターとしての権力を行使すれば――」

「いや、もう良いんだ」

俺はそう言った。

「Sランク冒険者にはならなくていい」

「「「え？」」」

娘たちはぽかんとした表情を浮かべていた。

「で、ですが、Sランクになるのは幼い頃からの父上の夢だったはずです！……私たちに気を遣ってそう言っているのでしょう？」

エルザがおずおずと尋ねてきた。

「私が不甲斐《ふがい》ないせいで、また父上から夢を奪うことになってしまいます……。子供の頃に続いて二度までも……」

エルザの言葉に、アンナとメリルも項垂《うなだ》れた。

皆、バツが悪そうな表情を浮かべている。

「君たちは何か勘違いしてるみたいだな」

「……どういうことですか？」

顔を上げたエルザがそう尋ねてきた。

俺は彼女に微笑《ほほえ》みかけるように言う。

「俺がSランクになりたいと思ったのは、何も持っていなかったからだ。いつか大切なものができた時に守れるだけの力が欲しかった。だけど、今の俺にとって、そんな肩書きはもうどうだっていいんだ。……どうしてか分かるか？」

問いかけると、娘たちはきょとんとした表情を浮かべていた。

俺はそんな彼女たちの頭の上に手を置くと言った。

「俺にはもう、大切なものが見つかったからだ。自分の命を懸けてでも、守り抜きたいと思えるような存在が」

「それはいったい……？」

「君たちのことだよ」

俺は言った。

「俺にとっての君たちはSランクになることなんかよりもずっとずっと大事だし、価値のある存在なんだ」

それに、とエルザに向かって声を掛ける。

「Sランクになるという夢なら、エルザが俺の代わりに叶《かな》えてくれたじゃないか。娘の夢が叶うのは、自分の夢が叶うよりも嬉《うれ》しい」

「父上……」

「君たちは俺が君たちを育てることで自分の夢を諦めたと思ってるかもしれないが、それは大きな勘違いだよ」

俺は言った。

「君たちが俺に新しい夢をくれたんだ」

「新しい夢？」

「ああ。エルザ。アンナ。メリル。君たちが自分の夢を叶えて、幸せになるのを見届けるのが俺の今の夢なんだ」

「パパ……」

「だから、俺は一度だって、自分の選択を後悔したことはないよ」

あの日、娘たちを拾った時に心に決めたのだ。

この子たちを立派に育て上げてみせようと。

助けられなかった村の人たちの分まで幸せにしようと。

その選択に後悔などない。

俺が娘たちを育てるために費やした時間を無駄だとは思わない。それは俺にとっても掛け替えのないものだったから。

俺は駆け寄ってきた娘たちを抱きしめた。今ここにある温《ぬく》もりは、Sランクに昇格することよりもずっと大事なものだ。

誰にだって奪わせはしない。

これからも守り抜いてみせる。

「さあ。そろそろ帰ろうか。夕食の時間だ」


俺たちは自宅へと戻ってきた。

明日からは事後調査が始まって忙しくなるだろう。

ただ今日くらいはゆっくり家族団らんの時間を取ってもいい。

夕食を摂《と》った後、風呂に入った。

さあ、ゆっくり寝ようか——という時だった。

「パパ。いっしょに寝よ♪」

メリルがいつものように俺に甘えてきた。

「相変わらず、メリルは甘えん坊だなあ」

「パパがSランクにならないなら、ボクたちとの時間も増えるだろうし。これまでの分を取り戻さないとねー」

「全く。仕方ないな」

苦笑を浮かべながらも結局承諾する俺だった。

「ふふ。なら、今日は私もパパといっしょに寝させて貰《もら》おうかしら」

——えっ。

アンナがそう言い出したものだから驚いてしまった。

「珍しいな。どうしたんだ？」

「たまには気兼ねなく甘えてみようかなって。メリルを見習ってね」アンナはそう言って可愛《かわい》らしくウインクを浮かべる。

「えへへー。そうだよー。甘えられる時に甘えておかないと」

メリルがデレデレとした表情でそう言った。

「エルザはどーする？」

「わ、私ですか？」

「皆でパパといっしょに寝よーよ♪」

「し、しかし……」

「もー。エルザは甘えるのが下手だなー」

メリルが呆《あき》れたように言った。

「たまには思いっきり甘えたってバチは当たらないよ？　こんなに甘えられるのは家族のパパだけなんだし」

「メリル。それにしてもあなたは甘えすぎだけどね」

「てへ♪」

メリルはこつんと自分の額を小突きながら舌を出す。

全然、改める気はないらしい。

「…………」

エルザは躊躇《ためら》いがちに俺のことを見据えていた。

頬を赤らめ、もじもじとしている。

やがて、彼女は覚悟を決めたかのように切り出した。

「あ、あの、父上。その……私もごいっしょしてもいいでしょうか？……今日だけは父上にいっぱい甘えたいのです……！」

彼女は軟弱なものを自らから遠ざけようとしてきた。

甘えることもその一つだ。

軟弱なものを遠ざけるのは、けれど、願望の裏返しだ。

彼女はずっと父親に甘えたいと思っていたのだろう。

ただ、騎士団長としての立場がそれを許さなかった。

しかし――。

騎士団長以前に、エルザは俺の娘なのだ。

娘が父親に甘えるのは何もおかしな話じゃない。

だから。

「もちろん。いくらでも甘えてくれればいい」

と俺はエルザに向けて言った。

「エルザは俺の大切な娘なんだ。遠慮なんていらない」

「……はいっ！」

嬉しそうに頷《うなず》いたエルザの表情は、柔らかかった。騎士団長としてではなく、娘としての面持ちをしていた。

その夜。

俺たちは皆で一列に並んで寝た。

「父上」

「ん？　何だ？」

「……ずっと、私たちの傍《そば》にいてください。父親として。私にとっての超えるべき目標であり続けてください」

「ああ」

俺は暗闇の中、静かに呟《つぶや》いた。

「俺はどこにも行かないさ」

「……父上。大好きです」

小さな声でそう呟くと、エルザは静かに目を閉じた。

幼い頃からエルザは俺の使っていた木剣を抱きしめないと眠れなかった。

何でも気持ちが落ち着かないのだとか。

けれど、今日に限ってはそれはなかった。

エルザは剣の代わりに、俺の腕をぎゅっと抱きしめていた。穏やかなその寝顔は、とても幸せそうだった。

エピローグ

後日。

俺はマリリンに呼び出され、魔法学園の学長室に足を運んでいた。

「カイゼルよ。この度はご苦労じゃったな。……もっとも、そのせいでSランク冒険者になる資格を失ったと聞いたが」

学園長のマリリンが奥の席で足を組みながら言った。だが、幼女体型の彼女は上手《うま》く足を組むことができていない。

背伸びした子供みたいだ。

「いえ。別に構いませんよ。もう執着はありませんから」

「まあ、儂《わし》としてもその方が好都合じゃがな。どうじゃ？　これを機に正式に魔法学園の講師になるというのは。手厚い待遇を約束するぞ？」

「ありがとうございます。ですが、今の待遇で充分ですよ。それに俺は娘たちとの時間を大切にしたいんです」

「そうか。残念じゃの。まあ、お主ならそう言うと思っていたが」

マリリンはにやりと口元を歪《ゆが》めていた。

「それで学園長。魔法陣の件なのですが」

「うむ。王都にヒュドラを差し向けてきた魔法使いの話だな」

とマリリンは本題に入った。

「お前や講師の連中から報告を受けた時には驚いた。災害級の魔物を転送するなど並みの魔法使いにはムリだからの」

災害級の魔物を転送しようとすると、その魔物と同格の力量は必要になる。そうでないと御すことができないからだ。

「それにメリルが解除に手間取るほどの魔法陣の錬成。――どうやら、生半可な魔法使いの仕業ではないようじゃ」

「心当たりはありませんか？」

マリリンは長い間、魔法学園の学園長として君臨している。

ノーマンやイレーネが学生だった頃からずっとだそうだ。

見た目は幼女だが、実年齢はいくつくらいになるのだろう。

だが、それを探ろうとした者は闇に葬られてきたとか何とか。

いずれにせよ、長年学園長を務めてきたマリリンであれば、優秀な魔法使いの情報は俺より持っているはずだ。

「うむ。メリルと並び立つほどの魔法使いとなると――多くの魔法使いを知る儂からしても一人しか思い浮かばんな」

「その一人というのは？」

「わざわざ聞く必要もないと思うがな」

とマリリンは言った。

「奴《やつ》のことは儂よりもお主の方がよく知っているだろう」

マリリンの言葉に違和感を覚えた。

どういうことだ？

戸惑う俺に向かって、マリリンは言葉を突きつけてきた。

それは俺にとって耳を疑うものだった。

「――転送魔法陣を作ったのはエトラだ。メリルと同じく賢者と呼ばれた、かつてお主の仲間だった魔法使いじゃよ」

番外編　アンナの休日

その日の朝。

俺は想定外の事態に戸惑っていた。

メリルがアンナよりも早く起きてきたからだ。

というよりもだ。

メリルの起きる時間が早かったわけじゃなく、アンナがメリルの起きる時間になっても起きてこなかったのだ。

珍しいこともあるものだ。

まだ出勤時間には余裕があるから遅刻はしないだろうが、そろそろ起こしてやろうと俺はアンナの眠る布団へと向かう。

「アンナ。そろそろ起きないとマズいんじゃないか」

「え、ええ……」

そこでようやくアンナが目を覚ました。

しかし――。

「何だか顔が赤いようだが……」

アンナのまぶたは腫れぼったく、顔には朱が差していた。どことなく息も荒い。首筋にはじわりと汗を掻《か》いていた。

「もしかして具合が悪いのか？」

「ううん。大丈夫よ。問題ない」

アンナは自分に言い聞かせるようにそう呟くと、布団から身体《からだ》を起こす。立ち上がったところで重心がぐらりと揺らいだ。

俺は慌てて彼女の元に駆け寄ると、身体を支えた。

額に手の平を宛《あて》がってみる。

「熱い……。やっぱり熱があるじゃないか」

どう控えめに見ても発熱していた。

「アンナ。今日は仕事を休んだ方がいい」

「……そういうわけにはいかないわ。抱えている仕事が山積みだもの。それに私がいないとギルドは回らないから」

そう言うと、アンナは俺の手を振りほどいて歩き出そうとする。

けれど、腕を掴《つか》んで止めた。

「ダメだ。行かせるわけにはいかない」

俺はアンナにそう告げる。

「仕事なら、他の職員に任せればいい」

「だけど……」

「アンナ一人が無理をしないと回らない職場なら、それは職場の方に問題がある。アンナが気に病む必要はない」

それに、と俺は言った。

「万が一にでも、他の職員にうつしたらマズい。今抱えている仕事の上、人手不足になると破綻してしまうだろう」

「…………」

アンナは合理的な人間だ。

自分が無理して出勤したことによるリスクを把握した上で、きちんと決断を下すことのできる冷静さを持っている。

だから、彼女はため息をつくと、

「……分かったわ。今日は休むことにする」

苦笑しながら、観念したというふうに言った。

「職場に連絡を入れるから。それくらいならいいでしょう？」とアンナが赤らんだ面持ちで俺に伺いを立ててきた。

「ああ」

さすがに欠勤の連絡を親の俺がするわけにはいかない。

アンナはもう、立派な社会人なのだ。

それくらいはちゃんと自分でするということなのだろう。

しばらくして、欠勤の連絡を終えたであろうアンナが戻ってきた。ふう、とパジャマ姿のまま息をつくと言った。

「私がいなくても、何とか大丈夫そう」

「それは良かった」

俺はアンナに微笑《ほほえ》みかけた。

「ま。今日はゆっくり寝ているといい。最近、ずっと働きっぱなしだっただろう？　身体を休めるいい機会だ」

「パパに言われても説得力がないけど」

アンナは苦笑を浮かべる。

「自分はいったい何連勤してるんだか」

「そうだな」と俺も苦笑を浮かべる。「自分を棚に上げて説教するのは良くない。今日は俺も休むことにするか」

「えっ？」

アンナはきょとんとした表情になる。

「仕事、入ってるんでしょう？」

「ああ。てんこもりだ。今日は騎士団の教官に、姫様の家庭教師もある」

「パパがいなくても大丈夫なの？」

「さっきも言っただろう。一人いなくなったくらいで回らなくなるのなら、それは職場の体制の方に問題があるって」

　俺は指を立てながら諭すと、アンナに微笑みかける。

「娘が熱で参ってるんだ。一人残していくわけにはいかない。それにもし出勤しても、身が入らないのは目に見えてる」

「……ふふっ」

「ん？　どうしたんだ？」

「ううん。パパって、過保護だなと思って」

「そりゃな。娘のことが心配じゃない父親なんていない。娘のためなら、魔王だって倒すことができるのが父親だ」

「娘のためじゃなくても、パパなら魔王を倒せそうだけど」とアンナは言った。「パパは誰よりも強くて格好いいから」

「アンナ。やっぱり、熱があるみたいだな」

　俺は苦笑を浮かべると、

「寝ているといい。俺が傍《そば》についていてやるから」

「……ええ。お言葉に甘えさせて貰《もら》うわ」

　アンナは布団の中に潜り込む。ふう、と息をついていた。出勤しなくてもいい、となると気が抜けたのだろう。

　俺は彼女の傍についていた。

「アンナはいつも気を張ってるからな。もっと周りの人に頼ったり甘えていいんだぞ。皆もそうされると嬉《うれ》しいはずだ」

「メリルみたいに？」

「あの子はちょっと、頼りすぎだが」と俺は言った。「まあ、アンナの場合はそれくらいの意識でいいのかもしれない」

「そうね。考えておくわ」

アンナは微笑むと、すっと目を閉じた。安心しきった面持ちをしている。しばらくすると安らかな寝息が聞こえてきた。

俺は傍で彼女の寝顔を眺めていた。

大人びている彼女だが、こうして見ると、年相応に幼い。

普段はギルドマスターとしての威厳を保つため、気を張っているのだろう。


エルザとメリルを見送った後、家の掃除などの家事を済ませているうちに、いつの間にか昼時になっていた。

俺は布団に横たわるアンナに尋ねる。彼女はすでに目覚めていた。

「アンナ。ものは食べられそうか？」

「おかゆとかなら何とか……」

「そうか。食欲があるなら何よりだ。ちょっと待っていてくれ」と告げると、俺は台所に向かった。作ったおかゆを、アンナの枕元へ運ぶ。

麦や芋類を柔らかく水で煮たおかゆからは、香ばしい湯気が立ち上っている。

我ながら中々の自信作だった。

「パパの作ったおかゆ、美味《おい》しそうね」

「美味しそうじゃない。美味しいんだよ」と俺が言うと、アンナがくすりと笑った。彼女はおかゆを前にフリーズしていた。

「どうした？　食べないのか？」

「パパが私に食べさせてくれるのを待ってるの」

「え？」

「さっき、もっと周りの人に甘えていいんだぞって言ってくれたでしょう？　だから今日くらいは思い切りパパに甘えようと思って」

アンナは茶目っ気を出しながら言う。

「ね？　いいでしょう？」

「……全く。仕方ないな」

さっき自分で言った手前、俺としては要望を呑《の》むしかない。この辺り、さすがアンナは交渉術に長《た》けているだけある。

「ほら。口を開けろ」

俺はスプーンで掬《すく》ったおかゆを、アンナの口元へ運ぼうとする。

　すると。

「パパ。私、猫舌だから。少し冷ましてからじゃないと食べられないわ」とアンナはイタズラっぽい笑みを浮かべながら言った。

「俺にふーふーしろってか？」

「私、病人だもの」

「別に病人でもそれくらいはできるだろ……」

　俺はスプーンのおかゆを冷ましてから、ほら、とアンナの口元へ運ぶ。

　今度こそ彼女は素直におかゆを口にした。

「どうだ？　お味の方は」

「バッチリね。すぐにでもお店を開けるんじゃない？」

「これ以上、仕事を増やそうとするのは勘弁してくれ」

　ただでさえ、手一杯なのだ。

　食欲自体はあるのだろう。アンナはおかゆを全て平らげた。

　食べ終えた後、ふう、とアンナが息をついた。

「随分、汗を掻いてるな。服を着替えた方がいい。待ってろ。着替えを持ってこよう」と
　俺は彼女の衣服を持ってくる。

「ありがと」

　とアンナは言った後に、

「だけど、身体がベタベタするから、シャワーを浴びたいわ」

「熱があるんだし、今日のところは身体を拭くくらいに留《とど》めておいた方がいい」とアンナを諫《いさ》めるように言う。

「ねえ。パパ。だったら私の身体、拭いて貰ってもいい?」

「俺が?」

「……うん。また、熱が上がってきたみたいだから。自分でするのはちょっと」と言ったアンナは気怠《けだる》そうだった。

「それは構わないが」と俺は尋ねた。「アンナはいいのか?」

「家族なんだもの。気にしないわ」

まあ、それもそうか。

アンナはボタンを外すと、着ていたパジャマを脱いだ。ズボンも下ろすと、俺に背中を向けるようにうつ伏せになる。

タオルを濡《ぬ》らすと、アンナの背中に宛がう。

「んっ……」

アンナはびくっと身体を震わせた。

「大丈夫か?」

「ええ。ひんやりして気持ち良かっただけ」

「そうか」

汗ばんだアンナの身体《からだ》を丁寧に拭っていく。

こうして見ると、随分と成長したものだと思う。

身体を拭き終わると、アンナはすっきりとした表情をしていた。

「後はゆっくりと寝ていたらいい」

「ううん。嫌よ。勿体《もったい》ないもの」

「勿体ない？」

アンナは頷《うなず》いた。

「今日はせっかく、パパと二人きりでいられる日なんだもの。寝てしまったら、その時間が終わってしまうでしょう？」

「まあ、最近は話す機会もあんまりなかったからな」

俺は言った。

「だけど、しんどくなったらちゃんと寝るんだぞ？」

「ええ。私、もう大人だもの。無理はしないわ」

アンナは俺を安心させるためにそう微笑んだ。

そして、俺たちはゆっくり話をしながら時間を過ごした。

最近はお互い、仕事漬けで膝を突き合わせて話す機会が減っていたから。アンナと共に過ごす時間は宝物のように貴重だった。

夕方になると、他の娘たちも帰宅する。

「アンナ。大丈夫ですか？」

とエルザが心配そうに声を掛けると、

「ボクちゃんがお薬作ってあげたから。これを飲みさえすれば、どんな大病を煩っていても一瞬で健康になれちゃうよ」

メリルが自作の薬を差し出してくれる。

アンナは布団から上半身だけを起こした状態のまま、自分のことを心配してくれる二人の姉妹に対して微笑みを向けた。

「ありがとう。おかげでもうすっかり良くなったわ」

「ですが、まだ顔がほんのりと赤らんでいますよ？」

「熱、まだあるんじゃない？」

エルザとメリルの問いかけに対して、アンナは首を横に振った。

そして、胸のところに手を当てると、

「今日は一日、パパといっしょに過ごすことができたから。熱があるからじゃなくて、心がまだぽかぽかとしてるだけよ」

アンナは幸せそうにそう言って笑った。

あとがき

お久しぶりです。友橋《ともばし》かめつです。

皆さんのおかげで二巻を出すことができました！　やったね！

今回は昔の仲間と再会するという話でした。

この物語の主題はタイトル通り、『Sランクの娘たちが重度のファザコンすぎる！』というものですので、あくまでも父と娘の関係がメインです。もし次巻があるなら、引き続き娘たちとのイチャイチャな日々をメインに書ければいいなと思います。

またコミカライズの方も発売となっておりますのでぜひそちらもご一読を！　しゅにち先生の描いた娘たち、超かわいいですよ！


以下、謝辞です。編集のHさん。今回も大変お世話になりました！

希望《のぞみ》つばめ先生。最高のイラストをありがとうございます！

本書にかかわってくださった方々、ありがとうございます！

そして何より、読者のあなたに最大限の感謝を！

それではまた！

作品のご感想、
ファンレターをお待ちしています

あて先

〒141-0031

東京都品川区西五反田 7-9-5 SGテラス 5階

オーバーラップ文庫編集部

「友橋かめつ」先生係／「希望つばめ」先生係

OVERLAP

Sランク冒険者である俺の娘たちは
重度のファザコンでした 2

発　　行　2020 年 11 月 25 日　初版第一刷発行

著　　者　友橋かめつ
発 行 者　永田勝治
発 行 所　株式会社オーバーラップ
〒141-0031　東京都品川区西五反田 7-9-5
校正・DTP　株式会社鷗来堂
印刷・製本　大日本印刷株式会社

Printed in Japan ISBN 978-4-86554-779-5 C0193

オーバーラップ文庫
生まれ変わった《剣聖》は楽をしたい
伝説の名の下に
天才少女を導き、護れ――！
歴代最年少の騎士であり、伝説の《剣聖》の生まれ変わりのアルタ・シュヴァイツ。次期国王候補である《剣聖姫》の少女イリス・ラインフェルの護衛として学園に派遣されるが、「私と本気で戦ってください」護衛するはずのイリスから突然戦いを挑まれてしまい――!?
著 笹 塔五郎 イラスト あれっくす
シリーズ好評発売中!!

オーバーラップ文庫
本能寺から始める信長との天下統一
HONNOUJI KARA HAJIMERU NOBUNAGA TONO TENKATOUITSU
重版ヒット中!
電撃大王にて
(KADOKAWA刊)
コミカライズ
連載中!!
[信長のお気に入りなら
戦国時代も楽勝!?]
高校の修学旅行中、絶賛炎上中の本能寺にタイムスリップしてしまった黒坂真琴。信長と一緒に「本能寺の変」を生き延びた真琴は、客人として織田家に迎え入れられて……!?　現代知識で織田軍を強化したり、美少女揃いの浅井三姉妹と仲良くなったりの戦国生活スタート!
著 常陸之介寛浩　イラスト 茨乃
シリーズ好評発売中!!